客

剣客相談人8

森 詠

時代小説

二見時代小説文庫

目次

七人の刺客——剣客相談人8

第一話　依頼

一

長い冬が終わり、山々を覆っていた雪も融《と》け、山深い奥州《おうしゅう》に、ようやく明るい春が巡り回って来た。

木々はいち早く春の到来を察知して、木の芽を脹《ふく》らませはじめている。山の斜面のところどころには、まだ白い雪が残っているが、それも春の陽射しや暖かい南風を受けて、徐々に消えようとしている。

そこからは遠くに雄大な岩木山《いわきさん》を望むことができる。

いましも、その険しい斜面を四人の人影が、笹を掻き分けながら谷へ降りようとしていた。

四人は、いずれも蓑《みの》や毛皮の胴着を着込み、動きやすい裁着袴《たっつけばかま》姿で、歩きやすい雪沓《ゆきぐつ》を履いていた。

先頭を行く一人は蓑笠《みのがさ》を被った地元の猟師で、道案内をしていた。

二番目を行く初老の侍は物静かな男で、その一団を指揮している。

あとに続く二人は、脇差しを腰に差し、いずれも背に菰《こも》に包んだ鉄砲を背負っている。

猟師が急に立ち止まり手を上げた。

「待て」

初老の侍も手で、あとから来る二人を止めた。

「羚羊《かもしか》の親子でがんす」

猟師が手で前方の斜面を指《さ》した。

猟師が差した先の斜面には、親子連れの羚羊が立ち止まっていた。母羚羊が鼻をひくつかせ、耳を立ててこちらを窺《うかが》っている。

「用意しろ」

初老の侍は低い声で後ろの二人に命じた。

猟師は初老の侍にいった。

「佐原《さはら》様、ここからでは無理でがんす。あんまり遠くて、鉄砲の弾が届かねえでがんしょう」

「どうかな。試してみるか」

「佐原様、どう少なく見ても、五十間（約九〇メートル）はあるでがんす。もし、弾が届いたとしても、あたるかどうか、分からねえでがんしょう」

　初老の侍は猟師に尋ねた。

「おぬしの鉄砲では、どのくらいの距離の獲物を狙い射つことができる？」

「せいぜい三十間（約五四メートル）でがんすかね」

「三十間ほどか。で、命中率は？」

「命中率でがんすか？　分かんねえす」

　佐原と呼ばれた侍は問い掛けを変えた。

「何発射てば、獲物にあたるのか？」

「佐原様、わしらマタギの狩りは、大勢の勢子《せこ》や犬で、熊や鹿を狩り出すんで。猟師は待ち伏せ、勢子や犬に追われて逃げてくる獲物を、間近で、ずどんと射つんでがんす。あまり遠くから狙って射つなんてのは、滅多《めった》にやんねえ。外れると弾がもったいねえ」

佐原とマタギが話している間に、二人の侍は背負っていた鉄砲を下ろし、菰を外した。黒光りする銃身が顕《あらわ》になった。

二人は無言で、鉄砲の銃口に紙製薬包《やくほう》を入れ、棒で奥まで差し込んだ。銃の右側に付いた小さな取っ手に雷管《らいかん》を装着した。

「佐原様、準備できました」

二人の侍は告げた。

猟師は目を丸くした。

「あんれま、それだけでいいんでがんすか。わしらの鉄砲より楽そうだなっす」

猟師は腰に下げた黒色火薬入れの皮袋を撫でた。

初老の侍は笑った。

「これは新式のエンフィールド銃だ。おぬしらの燧《ひうち》石式銃とは弾も造りも違う」

二人の侍は笹を分け入り、それぞれに射撃位置についた。

一人は長身の侍で、銃を左手で抱え持ち、右手の指を引き金にあてた。照準器を立て、撃鉄の取っ手を引き上げた。

いま一人は小柄な侍で、左利きらしく、右手で銃を持ち、左手の指を引き金にかけた。立てた照準器を左目で覗き込む。

「よく狙え」

羚羊の親は危険を悟ったのか、耳をぱたぱたと動かし、踵《きびす》を返した。子羚羊が母親の後ろを追い掛けて行く。

「……て！」

佐原の命令と同時に、鉄砲が続け様《ざま》に轟音を立てた。白煙が銃口から噴出する。

近くの木々から鳥たちが驚いて、一斉に飛び立った。

母親の羚羊がびくんと軀《からだ》を強ばらせ、笹の間に崩れ込んだ。

二発の銃声が谷間に谺《こだま》していた。

「あんれ、あたったでねえっすか。驚れえたなあ」

マタギの猟師は信じられない面持ちで羚羊の親子を眺めていた。

子羚羊は倒れた母親に駆け寄り、離れようとしない。

「おぬし、わざと外したな」

佐原は小柄な侍にいった。

「申し訳ございません。それがし、子供の羚羊は殺すのに忍びなく、とても射てませんん」

小柄な侍は侍の格好をしていた女だった。

佐原は頭を振った。

「情けは無用。母親を失った子羚羊は、どうやって生きていくことができる？　母乳も飲めない、食物もないのだぞ。じわじわと飢え死にするしかない」

「…………」

「殺してしまった方が、子羚羊にとっては幸せというものではないか？」

「……はい」

侍姿の女は顔を伏せた。

もう一人の侍が銃を手にいった。

「それがしが、代わりに射ちましょう」

「おぬしは黙っておれ。これも訓練のうちだ」

「はっ」

侍は佐原の叱咤《しった》におとなしく引き下がった。

佐原は侍姿の女に向いた。

「もう一度、やれ。苦しまぬよう一発で仕留めるんだ」

「はいッ」

侍姿の女は、気を取り直した。

銃に再び筒先から紙製薬包を入れ、棒で装填《そうてん》する。撃鉄に雷管を付けて、銃を構えた。

「速いでがんすな」

猟師が驚いて目を瞠《みは》った。

女は照準器に子羚羊を捉《とら》えて狙った。

「撃て！」

号令とともに鉄砲が轟音を立てた。

また鳥たちが飛び立った。

轟音は谺となって、谷間にわんわんと響き渡った。

子羚羊は吹き飛び、母親羚羊の軀に折り重なるように倒れた。

「よし、それでいい。忘れるな。人を撃つときも、情け無用だ」

「はい」

侍姿の女はか細い声で答えた。

「凄い鉄砲でがんすな」

マタギの猟師はしげしげと新式の鉄砲を眺めていた。

「…………」

侍姿の女は子羚羊に目をやり、目尻の涙を指で拭った。

風が吹き、周りの隈笹《くまざさ》の葉を裏返して走った。裏返った隈笹の葉が銀白色の波紋を作って波打った。

二

——何かおもしろいことはないかのう？

長屋の殿様、若月丹波守清胤《わかつきたんばのかみきよつぐ》改め大館文史郎《おおだてぶんしろう》は大川のいつもの場所で、いつものように釣り糸を垂れていた。

ぽかぽかした春の陽気が眠気を誘う。

川はのんびりと流れ、絶えることもない。川面を猪牙舟《ちょきぶね》や屋根船、伝馬船《てんません》やらが往来している。

浮きは水間に浮いたまま、ぴくりともしない。魚も昼寝でもしているというのか。

文史郎は手を伸ばし、大欠伸《あくび》をした。

隣の柳の下で釣っていた釣り仲間の男は、さっさと見切りをつけて、よその場所に鞍替えしている。

気の短い男だ。あんなに釣り場をつぎつぎに変えていったら、魚が餌《えさ》に食い付く間もないのではないか。

そんな気がしないでもないのだが、それでいて、結構、あの男は魚を釣り上げている。あの男の魚籠《びく》を覗くと、釣果《ちょうか》は文史郎のそれよりも倍以上、下手《へた》をすると三倍はある。

釣りは短気の方がいい、という話もあるが、ほんとうかもしれない、と文史郎は思うのだった。

下駄の音が背後でした。

あの歩き方は大門甚兵衛《だいもんじんべえ》だ。

振り向くと、案の定、鍾馗《しょうき》様のような黒い髯面《ひげづら》の大門が深刻な顔をして、やって来るのが見えた。腕組をし、何ごとかを必死に考えている様子だった。

大門は文史郎にも気付かず、通り過ぎようとした。

「おい、大門」

文史郎が大声で呼び止めた。

大門ははっとして振り返った。

「おお、殿、そこにおいでだったか。探しておったところでした」

大門は慌てて戻った。川辺を覗き、杭に括《くく》りつけて水に入れてある魚籠を引き揚げた。

「おやおや、まだウグイが二尾でござるか。もう一尾ないと、夕飯のおかずにも足らん。殿、今日もあまり芳《かんば》しくない釣果ですなあ」

文史郎はむっとした。

「大門、それがしの釣果にケチを付けに来たのか？」

「おう、これは失礼。そういうわけではござらぬ」

大門は魚籠を川に戻した。

文史郎は竿を上げ、釣り針に新しいミミズを付け、また川に戻した。

「道場で何かあったか？」

大門は、仕事がないときには、弥生《やよい》の大瀧《おおたき》道場で、門弟たちに稽古を付けていた。

大門は文史郎の傍らの石に腰を下ろした。

「実は、先程、妙な侍が現れ、変な依頼をされましてな。それがしだけでは即答できないので、いったんは帰ってもらったのですが、殿に相談しようと思いましてな。はたして相談人として、その依頼を引き受けてもいいものかどうか……」

「大門、いったい、どんな依頼なのだ？」

「ある物を捜してほしいと」

「何を捜してくれというのだ？」

「禁制品の鉄砲です」

「鉄砲？　依頼者は、いったい誰なのだ？」

文史郎は訝《いぶか》った。

大門は髯をしごいた。

「立派な格好をした初老の武家でしてね。おそらく、どこかの藩の要路《ようろ》と思われます。外には御供《おとも》の侍や中間《ちゅうげん》が控え、通りにはお忍びの乗物を待たせていたようですから」

「家紋は？」

「隠してましたね」

文史郎は首を捻った。

江戸への入《い》り鉄砲《でっぽう》と、江戸からの出女《でおんな》は、関所で厳しく取り締まられている。特に鉄砲は、どの藩も所有を禁止されており、江戸藩邸には置いていてはいけない、とされている。

「何か事情がありそうだな」

「そうなのです。その武家も、ひどく困っている様子だった。万が一、幕府《おかみ》に知られれば、お家の一大事になりかねないし、かといって、自分たちだけで捜しても見つからない。迷いに迷ったあげく、口が堅い剣客相談人に捜索を依頼したい、ということらしい」

「ううむ」

文史郎は川面に目をやった。

浮きはぴくりともせずに流れに漂っている。

もし、依頼を引き受けて、鉄砲捜しをするにしても、幕府の役人の目をかすめて捜すのは至難の業《わざ》だった。

場合によっては、反逆罪でもかけられ、処罰されかねぬ危険もある。

大門はぼそっと呟いた。

「もし、捜索を手伝ってくれれば、かなりの金子《きんす》を用意する、と申してましてね。それで、どうしたものか、と」

「うむ。事情を聴いてみるか」

文史郎はいった。

このところ、退屈している。少々危険でも、おもしろいことをやって憂《う》さを晴らしたい。

「しかし、一度、事情を聴いたら、引き受けることになりますぞ」

「そのときは、そのときぞ」

「殿は意外に、いい加減なんだから」

「そうだ。余は、是々非々を旨《むね》としておる。何ごとも、いい加減がなにより」

文史郎は浮きがくいっと水面から引き込まれるのを見て、竿をすいっと上げた。

水の中から銀色の鱗《うろこ》をきらめかせた魚が釣り上がった。

「おう、よしよし。来たか来たか」

文史郎は跳ね回る魚を引き寄せた。

「おお、殿、珍しい。釣れたではないですか。これで三尾目。夕餉のおかずに間に合った」

大門が川から魚籠を引き上げた。文史郎は魚を針から外し、魚籠に入れた。

「……殿、殿」

爺こと篠塚《しのづか》左衛門《さえもん》の声が聞こえた。

掘割《ほりわり》沿いの道をあたふたと駆けてくる左衛門の姿があった。

「殿、一大事ですぞ」

左衛門は文史郎の傍まで駆けてくると、両手で膝を押さえて屈み込み、はあはあと荒い息をついた。

「今度は爺か。いったい何ごとが起こったというのだ？」

「……しばし、お待ちを。息が切れもうして……」

左衛門は肩で息をし、呼吸を整えた。

「爺が長屋へ帰って参りましたら、中間《ちゆうげん》の佐助《さすけ》が待っていまして、至急に大目付《おおめつけ》様が殿を御呼びだとのことでした」

「兄上が？」

文史郎は訝《いぶか》った。

大目付とは、実兄の松平義睦《まつだいらよしのぶ》のことだった。

「至急に、お屋敷へお越しください、とのことでした」

何ごとかが起こったらしい、と文史郎は思った。

大目付には配下の与力同心が大勢いる。だが、彼らでは手が回らない重大な事案になると、決まって文史郎たちが呼び出される。それも兄弟の誼《よしみ》により、無償であるいは頂けてもかなり格安の報酬でこき使われる。

文史郎はあまりやりたくないのだが、兄者が困っているのを黙って見過ごすわけにもいかない。

「大事件というのは、なんだ？」

「爺は、そんなこと、知りません。ただ、殿に来い、ということだけですが、きっと一大事だからだろうと思ったのです」

左衛門は澄ました顔でいった。

文史郎は大門と顔を見合わせた。

「大門が聞き付けた仕事は、さておき、まずは兄者の屋敷に駆け付けねばなるまいな」

「同感でござる。まずは松平義睦殿とお会いになるのが、先でござろうな」

大門もうなずいた。

三

松平義睦の屋敷に駆け付けた文史郎たちは、書院に通されたものの、いつまで経っても、当主は現れなかった。

そのうち日は暮れ、庭は薄暮《はくぼ》に覆われてしまった。

客間には、何人もの客が訪れている様子で、時折、笑い声も聞こえて来る。

文史郎は何ごとかと思って急いで駆け付けたものの、少々気が抜けてしまった。

やがて、廊下を歩く足音と、話し声が聞こえて来たが、それも玄関の方角で消え、いつしか屋敷の中は森閑としてしまった。

小坊主が五度目のお茶を運んで来たとき、ようやくにして当主の松平義睦が書院に現れた。

文史郎と左衛門、大門は床の間の前に敷かれた座布団の前に並び、平伏した。

「待たせたな」

松平義睦は座布団にちょこんと座ると、文史郎にいった。

「文史郎、おぬしたち、暇か?」

「はい、いや、いいえ。暇といえば暇ですが、忙しいといえば忙しいという状態でして」

文史郎は左衛門や大門と顔を見合わせ、苦笑いした。

「いったい、どちらなのだ?」

「仕事の優先順位をつけますので、忙しくもなり、暇にもなるというわけです」

「よう分からん話だな」

松平義睦は文史郎や左衛門、大門を見回した。

「ともあれ、文史郎、おぬしらに引き受けてほしいことがある」

「どのようなことでございましょうか？」

「人捜しだ」

「今度は人捜しでございますか」

文史郎は頭を振り、大門と顔を見合せた。

松平義睦が怪訝《けげん》な顔をした。

「何か、問題があるか？」

「いえ。独り言にございます。で、どのような人を捜せと」

「刺客だ。江戸に刺客たちが乗り込んで来た」

「刺客たち？　いったい、誰を狙った刺客でございますか？」

「老中や若年寄を狙っているらしい」

「らしい？」

「ともかく幕閣を狙っているというところまでは分かったのだが、いったい幕閣の誰を狙っているのかはまだ不明だ」

「刺客が江戸へ入ったと通報したのは、いったい誰なのです？」

松平義睦はふっと笑った。

「おぬしたちにいってもいいものか。口は堅いと知ってはいるが……」

「……それがしたちを信じていただきたいですな」

「信じよう。ただし、口外無用。いいな。通報して来たのは、長崎奉行だ」

「長崎奉行ですか？」

文史郎は訝った。どうして、長崎から遠く離れた江戸のことを長崎奉行が知っているのだ？

「長崎奉行は、出島の和蘭人《オランダじん》から聞いたそうなのだ」

「なぜ、和蘭人が江戸へ刺客が入ったことを知っているのですか？」

「和蘭商人は、仕事柄異国の商売人の動向に詳しい。それで誰からか聞き付けたそうなのだ。どこかの藩が幕府に内緒で密かにエゲレスとかフランスと貿易をしている。その藩が幕府の鎖国政策を変えさせるため、江戸へ刺客を送り込み、幕閣の何人かを暗殺するという謀《はかりごと》を巡らしているというのだ」

「いったいどこの藩が刺客を放ったというのですか？」

松平義睦は頭を左右に振った。

「それは分からない」

「幕府に内緒で密かに異国と貿易をしている藩というのは、どこなのですか？」

「薩摩《さつま》、肥前《ひぜん》、土佐《とさ》など西国の大藩が、密かに異国と交易している。しかし、あまり大々的ではないので、幕府も目を瞑《つむ》っている」

「では、それらの藩のどれかが刺客を放ったというのですか？」

「それらの藩ではないかもしれぬ」

「どういうことですか？」

「それらの藩なら、和蘭人もはっきりいうだろうし、長崎奉行も西国の大藩については目を光らせている。おおよその見当はつく。だが、それらの藩とは違う藩が関わっているかもしれぬのだ」

「厄介《やっかい》ですね」

「厄介だ」

松平義睦はうなずいた。

文史郎は頭を振った。

「兄上、畏《おそ》れながら申し上げます。そうした幕府の一大事ならば、兄上の配下とか、しかるべき役回りの役人か、お庭番やらがお調べになるべきかと思いますが」

「うむ。おまえにいわれずとも、すでに配下が調べにかかっている。だが、問題なのは、すでに刺客たちが江戸に入ったという事実だ。まずは刺客たちを見付け出し、なんとしても阻止せねばならぬ。それには、おぬしたちの力も借りたいのだ」

「刺客たち？　というのは、刺客は一人ではない？」

「うむ。七人ということは分かっている」

「どうして、刺客が七人だと分かったのですか？」

「それがしの配下の細作《しのび》がどこからか嗅ぎ付けた」

「だったら、その細作に、七人のことを聴けば……」

「残念なことに、その細作は殺されてしまった」

文史郎は松平義睦を見た。

「その細作は、どちらで殺されたのです？」

「大川端のどこかでだ。細作の死体が大川から上がった」

「死因は？」

「斬り殺された。それも一太刀で、正面から一刀両断されていた」

「一刀両断？」

文史郎は目を細めた。

「うむ。わしも遺体を検分したが、傷を見ても見事な太刀筋だと分かる」

「殺される前、細作はどこで何を調べていたのですか？」

「それが分かれば、雑作《ぞうさ》はない」

「分からないものずくしですな。何か手がかりがありませんか？」

文史郎は溜め息をついた。

左衛門が脇から口を挟んだ。

「して、その細作はなんという名前の者でございましたか？」

「小原作兵衛《おはらさくべえ》。わしの配下の者だ」

文史郎は頭を振った。

「しかし、こう手がかりがなくては、なんとも調べようがないですな」

「うむ。しばらくは、何もせんでもいい。そのうち、中間の佐助を報せに出す。それまで、待機していてくれ」

「分かりました」

文史郎はうなずいた。

「ところで、もし、その七人の刺客を、我らが見付け出したら、いかがいたしましょう？」

「見付け次第に、始末してくれ」

「……始末ですか？　取り調べも何もなく？」

文史郎は訝った。

刺客を捕まえたら、藩名や誰が命令を下したのかを問い質《ただ》してから、処刑場へ送るのが順当な手続きだ。

松平義睦は文史郎の不審顔を見ていった。

「刺客を生け捕りにして、白状させようとしても、おそらく彼らは何も喋らぬだろう。はじめから死ぬ覚悟のはずだ。逃げられるよりも、その場で確実に始末しておく。それが向後《こうご》に憂いなしだ。ともかくも、生かしてはおけぬ。見付け次第に、その場で斬り捨てよ。いいな」

文史郎は松平義睦の厳しい言葉に驚き、左衛門や大門と顔を見合わせた。

四

翌朝。

壁越しに隣の長屋から子供の騒ぐ声が響いて来る。赤ん坊が泣き喚《わめ》いていた。

いつものことなので、文史郎は子守歌代わりに聞いていた。

子供の騒がしい声が聞こえるのは、世の中、太平な証拠だ。悪いことではない。

文史郎が寝床でぐずぐずしていると、いきなり障子戸ががらりと引き開けられ、大門の髯面がにゅっと現れた。

「殿、もう朝でござるぞ」

「そうですぞ。殿、お目覚めを」

台所で朝餉の用意をしている左衛門もいった。

「そうそう。朝飯、朝飯」

大門は障子戸を閉め、さっさと台所へ上がった。三台の箱膳を出して、茶椀や箸を用意する。

「さ、殿。起きてくだされ」

左衛門が文史郎の掻《か》い巻《ま》きを剝いだ。

「分かった。起きる。そう急《せ》かすな」

文史郎はしぶしぶ寝床から這い出した。

左衛門は寝床を片付け、部屋の隅に積み上げた。

「殿、お顔を」

「分かった。洗ってくる」

文史郎は仕方なく手拭いを肩に、下駄をつっかけ、障子戸を引き開いて細小路に出た。

「お早ようさんです。お殿さま」

赤ん坊を抱いたお福《ふく》が隣の長屋から顔を出して頭を下げた。

子供たちがどどっと細小路に飛び出して来た。

「殿さん、おはよう」「おはよう」「おはようっす」

「お、おはよう。みんな、元気だな」

文史郎は笑いながら、子供たちが路地を走り出るのを見送った。

井戸端には、すでに長屋のおかみさんたちが集まり、洗濯をしながら、大声で世間話をしている。

文史郎はおかみさんたちと朝の挨拶を交わしながら、釣瓶《つるべ》井戸の桶の水で、ぶるぶると顔を洗った。

「殿さま、知っているかい?」

お米《よね》が立ち上がり、洗っている浴衣《ゆかた》を絞りながらいった。お米は左隣に住む鳶《とび》職のおかみさんだ。

「お米さん、知らないかっていっても、まだ何も話してないいじゃないの。そそっかしいねえ」

ほかのおかみさんが笑いながらいった。

「あ、そうだね。わたしとしたことが」

「なんの話だね」

文史郎は手拭いで顔の滴《しずく》を拭った。

「昨日も、この近くの長屋に押し込み強盗があったんだってさ」

「長屋に押し込み強盗だと？　物騒な話だな」

「貧乏長屋に押し込み強盗だなんて、信じられる？」

文史郎はお米に顔を向けた。

「で、その長屋の被害は？」

「何も盗られた物はなかったそうよ。怪我人が少々出たくらい」

「おかしな押し込み強盗だな。いったい、どんな強盗だったというのだ？」

「みんな覆面をしていて分からなかったらしいけど、一味を率いているのは、侍らしく、外で采配を揮《ふる》っていたっていうことよ」

「いや。初耳だな」

文史郎は首を傾げた。

もしかすると、瓦版に出ているかもしれない。

お米は続けた。

「殿さま、このところ、同じような押し込み強盗があちらこちらで起こっているそうだよ。もしかして、この長屋にも押し込み強盗があったら、どうしようって、みんなで話していたところさ」

「そうよ。でも、うちらの長屋には、剣客《けんかく》相談人がいるからねえ。大丈夫」

「もし、押し込み強盗が長屋を襲うようなことがあったら、お殿さまや髯の大門さん、左衛門さんが撃退してくれるって、みんなで話していたんですよ」

「お願いしますね。そんときは」

おかみさんたちは口々にいった。

「分かった。大丈夫だ。わしらがいる限り、そんな連中に襲わせぬぞ」

文史郎は笑いながら胸を叩いた。

「よかったあ。うちはお殿さまがいる限り安心ねえ」

「ほんとほんと」

おかみさんたちの声を背に、文史郎は意気揚揚と長屋に戻った。

「殿、朝餉の用意、できております」

左衛門が並べた箱膳に文史郎を促した。

　すでに大門は自分の箱膳の前に座り、文史郎の帰りをいまかいまかと待ち受けていた。

「殿、では、そろそろ」

　大門はごくりと喉を鳴らした。文史郎が箱膳の前に座ると同時に大門はご飯茶椀に箸をつけた。

「いただきます」

　文史郎も左衛門も味噌汁を啜り、ご飯を口に頬張る。

「爺、いま井戸端でおかみさんたちから耳にしたのだが、この近所の長屋に押し込み強盗があったそうだな」

「はい。殿も、お耳になさりましたか？」

「なに、その押し込み強盗ってのは？」

　大門も初耳らしく口をもぐもぐさせながら訊いた。

「このところ、あちらこちらの長屋に覆面姿の連中が押し入って、浪人狩りをしているという話です」

　文史郎はたくわんを摘んだ手を止めた。

「なに、浪人狩りだと？」

「はい。瓦版によりますとね。押し込み強盗の連中は、決まって浪人の住む長屋を襲うらしいのです。そこで浪人がいれば捕まえ、何かを尋問し、答えないと、どこかへ引き立てて行くそうなんです」

「連れて行かれた浪人は、どうなるのだ？」

「瓦版によると、二度と戻って来ないとあります」

「とすると、それがしたちも危ない、狙われるということかのう？」

文史郎は左衛門に向いた。

「しかし、なんでも面白可笑《おもしろおか》しく書く瓦版ですからねえ。ほんとうかどうかは分かりませんよ」

「おもしろい。来るなら来いですな。強盗団が何者か分からぬが、来たらただでは帰さない。腕が鳴りますなあ」

大門は茶椀のご飯を掻き込み、左衛門に突き出した。

「御代わりを」

「大門殿だけは、いつも元気なんだから」

左衛門は溜め息混じりにお櫃《ひつ》からご飯をよそい、大門の茶椀に山盛りに盛った。

開け放った障子戸の間から、見知らぬ男の顔が覗いた。

「もし、相談人のお殿さま」

左衛門がいち早く男に気付いた。

「何かご用かな？」

「お食事中、申し訳ございませぬが、昨日、そちらの髷のお侍さまに……」

大門はご飯を口に頬張ったまま、出入口を振り向いた。

「おう、昨日の中間《ちゅうげん》か」

「はい。旦那様がお訪ねしてもいいかどうか、聴いて来いと申してまして」

「ちょっと待て。朝餉の最中だ。終わったら呼ぶ。それまで待っていてくれ」

大門はたくわんを頬張り、快音を立てながらいった。

「……殿、昨日、お話した禁制品の鉄砲を捜してほしいという御仁《ごじん》ですぞ」

「うむ」

文史郎はご飯の塊を、味噌汁で喉に流し込みながらうなずいた。

「大門、なんの話ですかな？」

何も知らぬ左衛門が大門に訊いた。

大門はぼそぼそと小さな声で左衛門に話して聞かせた。

「殿、いかがいたします？　引き受けるのですか？」

左衛門は心配顔で訊いた。

「まずは話を聞こう。聞いても気乗りしなかったら、断る」

「殿、どうせ、松平義睦様からの連絡が来るまでは暇ですぞ。その暇を有効に使って、金子《きんす》を得ないと。おそらく松平義睦様の依頼の仕事はカネにはなりますまいから」

「うむ。それもそうだな」

文史郎は左衛門と顔を見合わせ、うなずき合った。


食事を終え、箱膳を片付けているところへ、中間を従えた恰幅《かっぷく》のいい初老の武家が姿を現した。

「御免。相談人の大館文史郎様でござるな」

初老の武家は編み笠を脱いだ。

「左様だが」

文史郎は座布団に正座して武家を迎えた。

武家は立ったまま文史郎に一礼した。

「立ったままで失礼いたす。拙者、さる藩の江戸屋敷に勤める物頭《ものがしら》の岡田義之介《おかだよしのすけ》と申す者にござる。昨日、そちらにいらっしゃる大門殿に申し上げたのでござるが、さる物を捜していただくわけにはいくまいか、と相談に上がったところでござる」

「さる物とは、鉄砲だとのこと」

岡田は慌てて周囲に目をやった。

「……声が高い。壁に耳あり……でござる。いかがでござろうか。場所を変えて、相談いたしたいのだが」

「よかろう。では、支度をいたすので、しばらく待たれよ」

文史郎は左衛門と大門に出掛ける支度をするよう目で促した。

五

文史郎たちが岡田義之介に案内されて行った先は、掘割に浮かんだ一艘の屋根船だった。

屋根船が着けた船着き場の付近には、羽織袴の供侍たちが控えており、あたりを警戒していた。

「では、こちらへ」

船に乗り移ると、船の中には、奥女中が一人、お茶の用意をして待っていた。

文史郎は美しい奥女中を見て、いくぶんか気持ちが和らいだ。

「はじめまして中臈《ちゅうろう》の都与《とよ》と申します。どうぞ、おくつろぎくださいますよう」

「うむ」

文史郎は屋根船の舳先《へさき》に近い上座に案内された。

大門も都与の姿に顔を綻《ほころ》ばせ、鼻の下を長くしている。左衛門が渋い顔で大門の脇腹を突っ突いた。

「では、遠慮なく、膝を崩させていただく」

文史郎は上座の座布団に胡坐《あぐら》をかいて座った。

大門と左衛門が急いで文史郎の左右に座った。

向かい側に岡田義之介が袴の膝を揃えて座り、後ろに護衛の侍が正座した。

「粗茶ですが」

都与が頬に笑みを湛え、三人にお茶を振る舞った。瓜ざね顔の美しい女御だった。

船がぐらりと動いた。

障子はすべて閉められたままで、外は覗けないが、船頭が屋根船を出したのが分かる。

船は静かに進み出した。

岡田が文史郎たちを見回していった。

「さっそくですが、昨日大門殿にお話したことですが、大館文史郎様には、ご検討いただけましたでしょうか？」

「まだ、詳しくお話を聞いておらぬので、なんともお返事しがたいのだが」

「では、詳しく申し上げましょう。その代わり、他言無用ということでお願いいたします」

岡田義之介は意を決したようにいった。

「もちろん。他言無用。武士に二言《にごん》はない」

「実は、我が藩が密かにエゲレスから購入した鉄砲二挺が届かず、行方知れずになっているのでござる」

「その鉄砲は、どこに届く予定だったのでござるか？」

「我が藩の蔵屋敷にでござる」

「どこで、その鉄砲を購入なさったのだ？」

「それを申さねばなりませんか？」

「岡田殿、それがしたちが、何も知らず、禁制品の鉄砲を捜していることを、お上《かみ》が知ったら、いかなることになるか、お分かりでしょうな。すべてを知って、やはり、仕事を引き受けることができぬということもありましょう。何も知らぬうちに、よからぬ謀《はかりごと》に加担するのは、それがしたちもいやですからな」

「分かりました。それがしが話せることは、お話しましょう。我が藩は、幕府の武器掛かりの依頼で、密かに異国商人と接触し、最新式の鉄砲を購入したのです」

「なに、お上《かみ》の依頼だというのか？」

文史郎は意外な話に驚いた。

岡田はうなずいた。

「はい。そうでなければ、いかな親藩《しんぱん》といえ、ご法度《はっと》の禁制品を異国から買い入れ、江戸へ運び込むなどできるはずがありますまい。あくまで幕府の要請があってのこと」

「なぜ、幕府は、藩に禁を破らせるようなことをするのだ？」

「……時代は動き、もはや開国はやむなしということです。それゆえ、諸藩に先立ち、幕府は異国の最新式の鉄砲や大砲といった武器の購入を図っているのです」

「なるほど。で、どこで、その鉄砲は購入したと？」

「我が藩が大陸に出した交易船が、あちらで購入した鉄砲です」

「な、なんと清《しん》に交易船を出しているというのか？」

「はい。そこで最新式の鉄砲を十挺ばかり購入したのです。そして、無事持ち帰った」

左衛門が脇から口を挟んだ。

「岡田殿、して、その最新式の鉄砲というのは、どのような鉄砲でござるのか？」

「これまでのゲベール銃よりも進んだ新式のエンフィールド銃です」

「エンフィールド銃？」

文史郎は左衛門と顔を見合わせた。

初めて聞く鉄砲の名だった。

文史郎がまだ若月丹波守清胤として那須川《なすがわ》藩主だったころ、幕府の要請もあり、一万八千石の小藩ながら、いざ鎌倉という非常事態に備えて軍備を整えたことがあった。

とはいえ、小藩の財政では、軍備にかけるカネなどなく、形ばかり、三挺の鉄砲を買い入れた経緯がある。

その鉄砲は、高島秋帆《たかしましゅうはん》が初めて日本に輸入した前装式（先ごめ式）ゲベール銃だった。

文史郎はゲベール銃なら何度か発射したことがある。

ゲベール銃は、火縄銃や燧石式スプリングフィールド銃などよりも扱いやすく、弾込めも簡単だった。

火縄銃や燧石式鉄砲の場合、発射する前に、いちいち黒色火薬の粉末の一定量を筒先から銃底まで注ぎ込む。ついで鉛の弾丸を棒で送り込む。それから、火縄の火種や、燧石を撃鉄で打って出た火花を黒色火薬に点火して弾丸を発射する。

二発目を射つにも、同じ弾込めをくりかえさねばならない。

しかも、一、二発発射すると鉄砲の筒の中に黒色火薬の燃え滓《かす》が溜まるので、発射する前に筒内を煙突掃除のブラシのようなもので掃除しなければならない。

迫って来る敵を前にして、こんな手間暇がかかることをせねばならない厄介な代物《しろもの》だった。

それに対して、ゲベール銃は、その手間をだいぶはぶく改良がなされていた。

弾込めの仕方は、同じく筒先からだが、黒色火薬の粉を入れる代わりに、弾丸付きの紙製薬包を筒先から入れて、棒で奥まで押し込んで装塡すれば、それで終わり。

あとは、雷管を着けた撃鉄を上げる。引き金を引けば、撃鉄が雷管を叩き、爆発する。その爆発が紙製薬包を爆発させ、弾丸を発射する。

弾丸も以前のような丸い鉛弾ではなく、円錐形の弾なので、丸い弾よりも飛翔する距離が延び、貫通力も増した。

だが、ゲベール銃は鉄製の長尺の鉄砲なので重く、手持ちで構えるとなかなか狙いが付かない。狙った的《まと》に弾をあてるのが非常に難しい。

発射しても、弾がちゃんと狙った的に飛んでいくのかどうかの不安があった。遠く離れた場所の的にあてるには相当な熟練が必要だった。

とはいえ、鉄砲の弾の威力は弓矢の比ではなく、人間なら一発あたれば、ほぼ致命傷になる。だから、あまり狙わずともいい、近接戦で敵を倒すには、ゲベール銃はきわめて有効だった。

文史郎は、そういう利点は知りつつも、鉄砲を一発撃つ間に、弓矢なら何本も射ることができるので、ゲベール銃をあまり評価することができなかった。

文史郎は岡田に訊いた。

「そのエンフィールド銃はこれまでのゲベール銃と、どこが、どう違うというのか？」

「先込め式の管撃式鉄砲というところまではほぼ同じでござる。ゲベールと違うのは、ゲベールの銃の筒内がすべすべの滑腔《かっくう》になっているのに対して、エンフィールドは筒内に螺旋《らせん》の施条を付けてある点です。つまり、エンフィールドは前装式施条銃なのです」

文史郎は訝った。

「螺旋の施条が付いている銃と、滑腔銃とは、どういう違いがあるのだ？」

岡田は説明を始めた。

「発射された弾丸は、筒の中の施条を通るので回転が付く。そのため、ゲベール滑腔銃の弾よりも、狙ったところへ正確に、真直ぐに飛ぶ。命中率も飛躍的に上がるのです。回転がついた弾丸は、滑腔銃の弾丸よりも遠くまで飛ぶ。それで、エンフィールド銃は遠くから敵を狙撃するのに適しているのです」

「なるほど」

「そのためエゲレスは、大量にエンフィールド銃を生産して、軍隊の制式銃として採用した。清は、そのエンフィールド銃で武装したエゲレス軍に散々に打ち負かされたとのことなのです」

「そんな凄い鉄砲なのか。驚いたな」

文史郎は唸った。

腕組をした大門が訊いた。

「そのエンフィールドを誰から購入したと？」

「香港《ホンコン》に住むエゲレス人の武器商人からです」

「さっきの話だと、エンフィールド銃を十挺購入し、こちらへ持ち帰ったそうだが、そんな禁制品を、いったい、どこへどう持ち込めたのですかな？」

「堺《さかい》の港です」

「藩ではなく、なぜ、堺に？」

「堺には、ご承知の通り、鉄砲鍛冶屋が多い。堺の商人たちは、異国から密《ひそ》かにさまざまな鉄砲を購入し、鉄砲鍛冶屋に渡して、それらの複製を造らせるのです。複製といっても、鉄砲鍛冶職人は本物以上の性能の鉄砲に仕上げる。それで堺鉄砲は非常に重宝《ちょうほう》されておるわけです」

「ふうむ」

　文史郎はうなずいた。

　那須川藩も、かつて堺鉄砲のゲベール銃を何挺か購入したことがあった。

「我が藩は、わざわざ交易船を仕立てて、危険な航海をさせるよりも、堺の鉄砲鍛冶に見本を渡して複製を造らせた方が安上がりだと判断したのです。そこで、信用のできる鉄砲鍛冶三軒に、一挺ずつエンフィールド銃を預け、複製を造るよう依頼したのです」

「それから？」

「残りのエンフィールド銃七挺を江戸へ下《くだ》る菱垣廻船《ひがきかいせん》に載せて送らせたところ、藩の蔵屋敷に着いた鉄砲は、なんと五挺しかなかった。つまり、二挺の鉄砲が消えていたのです」

　文史郎は腕組をしたまままいった。

「岡田殿、そろそろ、おぬしの藩名を明かしてはどうかな？　それによっては、われらも依頼を受けないでもないのだが」

「そうですぞ。岡田殿、徳川家の親藩といえば、おおよその見当はつくが、正直にいってくれなければ、それがしたちは動きようがない」

　大門も腕組をしていった。

　岡田は覚悟を決めた様子だった。

「分かりました。申し上げます。水戸藩でござる」

「やはりな」

「はたして引き受けていただけるのでしょうか」

　岡田は不安そうに文史郎を見た。

「お引き受けしましょう。ただし、もっと事情をお聞かせ願わねばなりませんが」

「かたじけない。我らとしても、調べに役立つことでしたら、なんでもお話ししましよう」

岡田はほっとした顔でいった。

船の隅に控えた奥女中の都与も、安堵の表情になった。

岡田の後ろに控えた供侍は目を瞑《つむ》り、無表情で座っていた。

文史郎は訊いた。

「堺で船に積んだときには、確かに七挺あったのですな？」

「はい。一挺ずつ菰に包み、七挺揃えて箱に入れ、船積みしたと、運搬役の佐竹《さたけ》は申してました」

「佐竹？」

「佐竹勝輔《かつすけ》と申す納戸組小頭《なんどぐみこがしら》、この度の鉄砲買い入れの責任者です。佐竹によれば、船に積む直前に、七挺の菰包みを納めた木箱を厳重に梱包し、封印したと申しておりました」

左衛門が文史郎に代わって訊いた。

「廻船は、どこの店の船ですか？」

「富士屋の菱垣廻船高砂丸《たかさご》です」

「高砂丸は堺を出てから、江戸まで下るのに、どことどこへ寄港したのです？」

「……はあ。たしか、高砂丸は堺を出たあと、和歌山、田辺《たなべ》に寄り、潮岬《しおのみさき》の串本《くしもと》に寄港し、点々と沿岸の港伝いに熊野灘《くまのなだ》を乗り切ったと。鳥羽《とば》に寄ってから、新居《あらい》へと渡り、御前崎《おまえざき》を回って伊豆の下田《しもだ》へ入った。そこから、小田原へ寄り、相模湾を横切って、三崎《みさき》に出た。そこから浦賀《うらが》を回って江戸湾に入り、神奈川湊《みなと》へ寄ってから、江戸湊へ入った、と聞いてます」

「途中、酒樽を運ぶ菱垣廻船だから、寄港地で酒樽や積み荷を下ろし、江戸への積み荷を積んだのでしょうな」

「はい。しかし、寄港中、見張り番たちは、船底の一番奥に積んであった鉄砲の木箱には誰にも手を触れさせず、交代で船倉を張り番していた。だから、船が江戸へ着くまで、木箱には、役人以外、誰も手を触れなかったといっております」

「役人というのは？」

「船手《ふなて》の役人です。菱垣廻船は、どの船も江戸湾に入る前に、下田に寄り、船手組役《ふなてぐみ》人による積み荷検《あらた》めや、乗員の人定検めを受けねばなりません。特に禁制品の鉄砲を積んでいる場合、幕府の許可状が必要となります」

「そのときには、木箱の中に鉄砲は七挺、ちゃんとあったのかな？」

「役人が菰に包んだ鉄砲の数を検め、許可状に書かれた七挺と相違ないとして、木箱を梱包し直しました」

「なるほど、そこでは異常なしだったのだな」

「はい。船は江戸湊に到着し、木箱を伝馬船に下ろし、蔵屋敷へ運んだ。木箱を受け取った御納戸役は、木箱の中身を検めず、そのまま倉へ納め、厳重に錠前をかけた」

「二挺が消えていたのが分かったのは、いつのことなのかな？」

「殿が最新式のエンフィールド銃に興味を抱かれ、一度試し射ちをしたい、とおっしゃられた。そこで御納戸組の者が倉へ入り、木箱を開いたところ、菰包みは五個しかなかった。二個の菰包みが忽然《こつぜん》と消えていたのです」

大門がにやにやしながらいった。

「はじめから、菰包みがなかったのでは？　つまり、堺で船に積まれるときに、抜き取られていた」

左衛門が疑問を呈した。

「しかし、大門殿、それでは下田にいる船手組役人の目はごまかせないのでは？」

「岡田殿を前に、こんなことを申してはなんだが、魚心《うおごころ》あれば水心《みずごころ》、金子《きんす》を懐に入れれば、役人の目も節穴になりましょうぞ。ねえ、殿」

大門は文史郎ににやっと笑った。

「うむ。あってはならぬことだが、大門のいうこともありうることだな」

文史郎は同意した。

「正直申して、それがしたちも、それを疑いました。そのため、運搬役の佐竹勝輔を厳しく問い質しましたが、そんなことはやっていないと。だが、それも疑わしいので、念のため、手の者をわざわざ堺へ派遣して、慎重に富士屋の番頭やら高砂丸の水主、荷役人夫頭などを調べさせたのですが、結局、運搬役の証言を信用するしかない、となった」

左衛門が訊いた。

「では、途中の寄港地で抜き取られたのでは？」

「次に疑ったのは、そのことです。運搬役だけでなく見張り役の者たちも、慎重に各寄港地でのことを思い出してもらったのですが、下田の役人が解くまで、木箱の封印を剝がした痕はなく、こちらも、大きな不審なことはなかったのです」

文史郎は顔をしかめた。

「…大きな不審なことはなかったが、小さな不審なことはあったというのかな？」

「…小さなというか、些細なことですが、しかし、そのときに菰包みが抜き取られたとは、思えません」

「その些細なことというのは、いったいなんなのか？」

「船が下田に入ったときのことです。江戸船手の役人が乗り込んで来て、積み荷の検分が行なわれた」

「水戸殿の荷であっても調べを免《まぬが》れることはできないのですかな」

「はい。御三家の一つとはいえ、なんでも無理が通るわけではないのです。運搬役が一応、幕府の許可状を役人に見せ、木箱の中身が鉄砲であることを告げた。その折、運搬役と見張り役は役人たちと話をしている、そのほんの少しの間、船倉から離れたというのです。しかし、船には、水主や役人たち以外に、余所《よそ》者はおらず、すぐに戻った見張りの目をかすめて、木箱から鉄砲の菰包みを盗み出したとは考えられないのです」

「なるほど。下田の船手組役人だな」

文史郎は思案げに顎を撫でた。

下田湊は、江戸湾に出入りする廻船が必ず立ち寄らねばならない湊だ。そこで、いずれの廻船も積み荷の検分を受ける。

もし、菰包みを盗もうとする者がいたとして、廻船が下田に立ち寄るのは、絶好の機会に違いない。

だが、どうやって？

岡田が怪訝な顔をした。

「何か、ご不審なことでも？」

「いや、そうすると残るは、鉄砲を船から下ろし、蔵屋敷に運び入れるときと、倉に納められたあとということになる」

「はい。そういうことでござる」

「…こういってはなんだが、水戸藩にも、目付はおろうに、それに探索に長《た》けたお庭番もおろう。なぜ、その者たちを使って、鉄砲の行方を追わぬのだ？」

「………」

岡田は黙った。文史郎は続けた。

「それがしたち、水戸藩になんの縁も所縁《ゆかり》もない者を雇い、消えた鉄砲の行方を探索するというのには、何か特別な理由があるのではないか？」

「……お察しの通りでございます。最新式鉄砲二挺紛失の件につき、殿はもちろん、御家老たちは誰も知りません。まだ報告を上げてないためです」

「なぜ、殿や家老に報告しないのだ？」

「藩内の諸事情がありまして」

「諸事情だと？　それはなんだというのだ？」

「水戸藩内には斉昭《なりあき》様を戴く勤王攘夷《じょうい》派と、次席家老を中心とする勤王佐幕《さばく》派との根深い対立がございます。勤王攘夷派の中には、現在の幕府のやり方に不満を持つあまり、脱藩して過激な行動に走ろうとする者も出る始末。もし、この二挺の鉄砲の紛失が、勤王攘夷派の者の仕業であったらと、それがしたちは恐れておるのです」

「ならば、なおのこと、上司に事実を報告し、藩を挙げて取り組む必要があるのでは？」

「それがしたちも、そう考えました。ですが、もしかすると、勤王攘夷派を追い落とすために、勤王佐幕派が仕掛けた策謀かもしれない恐れもあるのです。鉄砲が出て来ない場合、勤王佐幕派が藩政を牛耳《ぎゅうじ》るために、鉄砲紛失の件を利用しかねないのです」

「では、事が大きくならぬ前に、内密に処理したい、ということだな」

「仰せの通りでござる。何より幕府《おかみ》に鉄砲二挺が盗まれたことを知られたくないのでござる。知られたら、我が藩の不始末を問われ、藩主の責任を問われましょう。そうなる事態は避けたい」

　文史郎は岡田に向き直った。

「この事実を知っているのは、いったい誰なのだ?」

「中老の高坂渕衛門《たかさかふちえもん》様、御納戸組組頭の但馬嘉門《たじまかもん》殿、蔵屋敷頭内田昌文《うちだまさふみ》殿、そして、物頭のそれがしの四人。あとは、運搬役佐竹勝輔のほか、見張り役など、ごく少数でござる」

文史郎は訝った。

「いったい、おぬしたち四人は、何者なのだ?」

「はあ?」

岡田は怪訝な顔をした。質問の意味が分からないらしい。

「おぬしたちは勤王攘夷派なのか、それとも勤王佐幕派なのか、どっちなのだ?」

「……それがしたちは、どちら派にも与《くみ》しません」

「どちらでもない? 第三の勢力だというのか?」

「あえていえば、藩主派です。藩あってのそれがしたち、藩主あっての藩。ですから、藩を守り、藩主を守る。そのためなら、我らの身命を賭しても……という立場でございます」

「藩あってのおぬしたちか」

文史郎は左衛門と顔を見合わせて笑った。

左衛門も頭を振った。

以前、那須川藩においても、藩あっての我々と称する城代家老派に離反され、文史郎は藩主の座を養子に譲る形で、藩を追われた。藩あっての己《おのれ》たち、という論理《たてまえ》は聞き飽きていたのだ。

「何か、おかしいことをいいましたでしょうか？」

「いや、なんでもない」

文史郎は頭を振った。左衛門が文史郎に代わっていった。

「要するに、岡田殿たちの段階で、事を納めようというのですな。そのために、内部の者の力ではなく、外部の我々の力を貸してほしいと」

「その通りにござる」

「しかし、外におる我らが、水戸藩の内部の犯行かもしれぬ鉄砲紛失事案を調べるというのは、至難の業だが」

「はい。それは存じております。そこで、二人を付けます。一人は、それがしの側用人の赤城左近《あかぎさこん》」

岡田は後ろに控えた供侍を紹介した。供侍はさっと膝行《しっこう》して、岡田の脇に出、文史郎に深々と頭を下げた。

「赤城左近にございます。以後、なんなりとお申し付けください」

「赤城左近は、元お庭番小頭。殿直近の小姓でもありました。いまは、それがしの用人として仕えてもらっています」

岡田はいい、今度は奥女中の都与を手で差した。

「して、もう一人がお都与。お都与は元中臈でござるが、実は細作《しのび》でござる。長刀《なぎなた》の遣い手で、剣術もなかなかの腕でござる」

都与が文史郎に三指《みつゆび》をついて頭を下げた。

「文史郎様、不束者《ふつつかもの》にございますが、よろしくお願いいたします」

「うむ。二人とも、よろしくお願いいたしますぞ」

文史郎は赤城左近と都与にうなずいた。

「この髯の男が大門、こちらの爺が左衛門だ」

大門と左衛門が挨拶した。

文史郎はあらためて岡田たちを見回していった。

「では、これから、何を調べるか、みなで相談したい」

屋根船は、いつしか大川に出たらしく、流れに乗って大きく動き出した。

六

行きつけの蕎麦屋『しなの』の店内は、大勢の客で賑わっていた。

文史郎たちは座敷に上がり、飯台を囲み、蕎麦が来るまで酒を飲んでいた。

「殿、厄介な仕事ですぞ、これは」

左衛門が声をひそめていった。

隣の席とは低い屏風《びょうぶ》でしか仕切られておらず、話し声は筒抜けだった。幸い、まだ隣の席には客の姿はなかった。それでも土間の飯台に屯《たむろ》する客たちの話が聞くともなしに聞こえてくるので、こちらの声もあちらによく通ると思っていいだろう。

「厄介なことは分かっている。だが、兄者からの連絡が来るまで、何もせずにいるよりは退屈しのぎにはなろう」

「殿、そんな退屈しのぎなんて楽なものではなさそうですぞ」

いつも楽観的な大門がいつになく真面目な顔でいった。

「うむ。確かに、余も、そう楽観はしておらぬ」

「でしょう？　殿、もし、鉄砲を盗んだ連中が勤王攘夷派の過激分子だったら、おそらく、我らに必死に抵抗することでしょうな」

左衛門が割って入っていった。

「大門殿、岡田殿との話では、我々は鉄砲がどこにあるかを見付けてほしい、といっていたと思いましたが」

「そうはいっても、鉄砲を盗んだ連中を見付けるだけでは済まぬでしょう。次は取り戻してほしいとなる。そうなったら一悶着《ひともんちゃく》起こることになる」

大門はにやにや笑った。

文史郎もうなずいた。

「爺、確かに大門のいう通りだ。一悶着起こるだろうな。だが、爺、そのときはそのときだ。なんとかなるだろう」

「ああ、また殿のお気楽さが出て来た。こういうことは、はじめに依頼人との間に、ちゃんと決めておかないと。エンフィールド銃を見付けたら、いくら、それらを取り戻したら、いくら、と話をつけておかないとウヤムヤにされて、あとでいったのいわないの、と依頼人と揉めることになりますぞ」

「爺の取り越し苦労が始まった」

文史郎はぐい飲みの酒をあおった。

左衛門がぶつぶつ口の中で文句をいいながらチロリの酒を、文史郎と大門の、空《から》になったぐい飲みに注いだ。

文史郎は大門に顔を向けた。

「ところで、おぬし、どう思う？　二挺の鉄砲は、どこで消えたか、だ」

「拙者は、やはり、下田で抜かれたのでは、と思いますな。爺さんは？」

大門は左衛門に向き、チロリの酒を左衛門のぐい飲みに注いだ。

「それがしは、どう考えても蔵屋敷に運ばれてからが怪しいと思います。誰かが嘘をついているのではないか、と」

「爺もそう思うか。確かに下田も怪しいが、まずは蔵屋敷に出入りする者たちを疑おう」

「蔵屋敷の頭《かしら》の内田昌文の配下が怪しいというのですな。爺も賛成ですな」

左衛門がぐい飲みを舐めながらうなずいた。

文史郎は顎をしゃくった。

「蔵屋敷の内部のことは、我々には分からん。赤城左近や都与の調べを待つしかあるまい」

大門があたりを憚りながらいった。

「殿、下田の方は、どうします？　それがし、こちらこそ、船手役人に鼻薬を嗅がせたやつがいるのではないか、と見ているのですがね」

文史郎は大門を見た。

「おぬし、下田の船手役人に何か伝《つて》はあるか？　もしあれば調べようがあろうが」

「殿、もうお忘れか？　江戸船手頭の三代目向井《むかい》将監《しょうげん》殿を」

大門はにやりと笑った。

文史郎は大きくうなずいた。

「おう、向井将監殿か。以前に世話になったことがあるな」

文史郎は思い出した。

『笑う傀儡《くぐつ》』の事件のときに、文史郎たちが江戸船手の役屋敷に乗り込み、向井将監と対決したことがあった。

江戸船手は江戸湾内の舟運や治安を扱う取締の総元締めである。江戸船手は、江戸湾内に留まらず、その権限は菱垣廻船の航路にまで及び、その出先が下田湊や浦賀湊などに設置されていた。

「向井将監殿に協力していただければ、禁制品の抜け荷の行方も、分かるかもしれないでしょう？」

「うむ。下田の役人も向井将監殿の命令とあれば、正直に答えてくれるだろう」

ばたばたと足音がして、仲居が蕎麦を運んできた。

「はーい、お待ちどうさま」

「おう、待っていた」

大門はさっそくに割り箸を割り、箸と箸でしごいた。

「うまそう。この蕎麦の匂いがたまらぬ」

大門はひとり悦《よろこ》んでいる。

「はいはい、おいしいですよ」

仲居はにこにこしながら盛り蕎麦を、三人の前に配った。蕎麦つゆの瓶を置き、屏風の陰に引き揚げて行った。

入れ代わりに、見覚えのある男の顔が覗いた。

「あっしらを御呼びで」

玉吉《たまきち》の後ろに音吉《おときち》も控えていた。

文史郎は手を上げた。

「おう、玉吉、それに音吉も。爺、呼んだのか」

「はい。おそらく手助けが必要になるかと思いまして」

左衛門がうなずいた。

玉吉は、文史郎が若月丹波守清胤として那須川藩の藩主になる前、松平家に、中間《ちゅうげん》として仕えた男だ。しかし、それは仮の姿で、ほんとうの姿は左衛門の下で働くお庭番だった。

文史郎が野《や》に下《くだ》ってからは、玉吉も藩を出て、猪牙舟の船頭として働いている。

音吉は、その玉吉の手下だった。

左衛門は玉吉たちにいった。

「ご苦労さん、さっそく来てくれたか。ところでおぬしたち夕食はまだだろう？」

「へい、まだでやす」

「腹が減っては戦ができぬ。おぬしら、なんでもいい。亭主に注文するがいいぞ」

「へ、ありがとうごぜいやす。じゃあ、遠慮なく」

玉吉と音吉は仲居に盛り蕎麦を追加注文した。文史郎が二人に手招きした。

「こっちへ上がれ」

「お殿様のお側に上がるなんて、とんでもねえ。あっしらはこっちで」

玉吉と音吉は手を振って遠慮した。

「玉吉、音吉、遠慮するな。他人に聞かれては困る、ちと込み入った話だ。いっしょに酒を飲みながら話がしたい」

「そうおっしゃられても、あっしらのような身分の低い者が、お武家様とごいっしょするなんてできません。勘弁してください」

玉吉と音吉はしきりに頭を下げた。

左衛門が笑いながらいった。

「殿が、上がれといっておられるのだ。遠慮するな」

大門も相好《そうごう》を崩していった。

「そうだぜ、玉吉。わしらはいっしょの仲間だ。身分の違いなんか、考えるのもおかしい。殿は身分などで差別する方ではない。上がれ上がれ」

玉吉は音吉と顔を見合わせた。

「じゃあ。遠慮なく。失礼いたしやす。御免なすって」

玉吉は意を決した様子で草履を脱ぎ、座敷に上がった。音吉があとに続いた。

「へい。済みません。御免なすって」

二人は左衛門に促されるままに、文史郎の前の飯台に座った。

大門が仲居にぐい飲みと酒を持ってくるように頼んだ。

文史郎が玉吉と音吉を見た。

「おぬしたちに、また頼みがある。ちとややこしい事情があるが、やってくれるか」

「もちろんでがす。なんなりと、申し付けてください」

玉吉と音吉は神妙な顔でいった。

文史郎は小声で、これまでのいきさつを話した。玉吉と音吉は一言も聞き逃すまいと、文史郎の話に耳を傾けた。

七

月が朧《おぼろ》に江戸の町を照らしていた。

文史郎はいささか酔いを覚え、千鳥足で歩いていた。

「殿、大丈夫でござるか」

左衛門もややろれつの回らぬ声でいう。手にした小田原提灯がぶらぶら揺れる。

「余は少々酩酊したぞ」

「殿は結構飲んでおりましたな」

「そうか。大儀、大儀じゃ。爺、屋敷はまだ先か」

「すぐ、その先でございます」

　文史郎は月明かりに照らされた通りを酔眼で眺めた。戸を閉めた商店街の先に、安《や》兵衛店《すべえだな》に入る路地の行灯《あんどん》が見える。

　町木戸が閉められる夜四ツ（午後十時）をとうに過ぎたこともあり、人気《ひとけ》はまったくない。番小屋の行灯が通りの先に見えるだけだった。

「べんせえー粛《しゆく》粛《しゆく》、夜ー川をわたるう、と」

　大門は突然月に向かって、詩吟を唸り出した。

　通りのあちらこちらから犬の吠え声が上がり、それがつぎつぎと、辻から辻へと受け継がれて行く。

「喧《やかま》しい犬どもだな。……べんせえー粛粛、夜ー川をわたるう……と」

　文史郎は喧しいのはどっちだ、と呆れながらいった。

「大門、さっきから同じところを吟じておるぞ。早く、その先を吟じろ」

　文史郎は大門にいった。大門は振り向いた。

「殿、そこまでしか知らぬのでござる」

「なんだ、そうか」

「殿、大門殿らしいではないですか」

　左衛門はくくくと肩で笑った。

大門は頭を掻きながらいった。

「ほかにも知っておりますぞ。なんなら、披露しますが」

大門が唸り声を上げようとしたところ、文史郎が手で止めた。

「大門、もういい。長屋に着いた。みんなを起こすな」

「残念。では、またの機会に」

「大門殿、この次には全部覚えて来てくだされ」

左衛門が念を押した。

安兵衛店の木戸は閉まっていた。文史郎たちは脇のくぐり戸を開けて路地に入った。

細小路に青白い月光が射し込んでいた。

裏店の住人たちは寝静まっている。

大門はよろめきながら、細小路の岐《わか》れ目で文史郎に手を上げた。

「では、殿、拙者、ここで失礼」

「うむ」文史郎はうなずいた。

「お休みなさい。大門殿」

左衛門がいい、文史郎の先に立って、長屋へ行き、障子戸を引き開けた。

屋根越しに、大門が詩吟を唸る声が聞こえる。

文史郎は障子戸を閉めながら、頭を振った。

「あやつ、人の迷惑を考えずに……」

「殿！　おかしいですぞ」

左衛門は小田原提灯を掲げ、部屋を照らしながらいった。

「どうした？」

「……空き巣に入られたようですぞ」

文史郎は酔眼朦朧《もうろう》として、提灯の仄《ほの》かな明かりに照らされた部屋の様子を見た。布団はひっくり返され、長持の蓋は開けられたままになっていた。台所も荒らされ、箱膳やお櫃、桶も投げ出されていた。

古畳もめくられ、床板までずれている。

左衛門は部屋に上がり、天井を見上げた。

「あれれ。あんなところまで」

天井の板も一部が外され、暗い屋根裏が見える。

突然外から怒声が聞こえた。

「大門だ！」

文史郎ははっとして障子戸を引き開けた。

大門の詩吟は聞こえず、代わりに人が争う気配がする。

「殿、もしや、浪人狩りでは」

「爺、ついて来い」

文史郎は腰の刀を押さえながら、細小路を駆け出した。酒のせいか息が切れる。

大門の長屋がある小路へ飛び込んだ。

細小路の奥で人影が縺《もつ》れ合っていた。黒装束の影が文史郎の前に立ちはだかった。

「おぬしら、仲間か」

影がくぐもった声を立てた。文史郎は構わず、揉み合っている影の群れに怒鳴った。

「大門、加勢に来たぞ」

「……く、くるしい」

大門の呻《うめ》き声が聞こえた。

月明かりに、大勢の影が大門を地べたに抑え込んでいる。

あとから駆け付けた左衛門が叫んだ。

「大門殿、大丈夫か」

「おのれら、何者！　大門を離せ」

文史郎は怒鳴りながら、立ちふさがった影を突き飛ばした。

「邪魔立てするか」

影たちが一斉に刀を抜いた。

白刃《はくじん》が月明かりに光った。

おとな二人がすれ違うのがやっとの狭い細小路だ。

文史郎の前には、一人しか立ち合えない。

「寄るな」

相手は抜いた大刀を正眼《せいがん》に構えた。

影たちは、大門の軀を引きずりながら、連れ去ろうとしている。

時ならぬ騒ぎに、裏店の住人たちが起きだしはじめた。

「おのれら、大門を離さねば、斬る」

文史郎は小刀を抜いた。細小路では、大刀を振り回すよりも、小太刀の方が使い易い。

文史郎は小刀で相手の太刀を打ち払い、一瞬の間も措《お》かず相手の懐ろに飛び込んだ。

相手は狭い細小路で身動きも取れず、懐に飛び込んだ文史郎を斬ることもできなかった。

文史郎は刀を持った相手の腕を軀で押し上げ、右手で相手の胸ぐらを摑んだ。左手の小刀の刃先を影の顎に突き付けた。

「動くな」

「おのれ」

相手は刀を振り上げたまま軀を硬直させた。

「みな、動くな。動けばこやつの首をかっ斬る」

文史郎は大声で怒鳴った。

影たちは文史郎と相手がどうなっているのか分からず、うろうろしていた。

裏店《うらだな》の住人たちが起きだし、障子戸を半開きにして、文史郎たちの様子を窺った。

「あ、剣客相談人の殿様だ」

「べらぼうめ。夜の夜中に裏店に押し込みやがって、とんでもねえ野郎たちだ。相談人の先生、かまわねえ、こいつらをやっちまってくだせえ」

「大門様、しっかりして」

「先生たち、助太刀しやすぜ」

「野郎、やっちまえ」

「出て行け」

住人たちが周囲から口々に応援しはじめた。なかには、障子戸の間からしんばり棒を突き出し、黒装束たちを殴ろうとする者も出てきた。

　文史郎は小刀を突き付けた男にいった。

「おい、みんなにいえ。大門を離せ。でないと、おぬしを斬るとな」

「……そ、そいつを離せ」

「お頭《かしら》！」

　影たちはいった。相手の黒装束は頭だった。

「大門を離せ。そうすれば、おぬしを離そう」

　頭はうなずいた。

「分かった。……」

「大門殿！」

　左衛門が文史郎たちの軀の横を擦り抜け、影たちの前に飛び出した。左衛門も小刀を抜き放ち、影たちに向けている。

「おまえら、頭が死んでもいいのか」

　文史郎は相手の軀を影たちに向けた。小刀の切っ先を相手の喉元に突き付けている様子を見せた。

「お頭」

「……早く、そやつを離せ。離すんだ」

影たちの頭は呻いた。切っ先が喉の皮膚を少し破り、血が流れ出ていた。

影たちは引きずっていた大門を離した。大門は気絶しているらしく、身動きもしない。

「大門殿、しっかりしろ」

左衛門が大門に駆け寄り、軀を揺すった。

「爺、大門の様子はどうだ？」

「大丈夫。生きてます。気を失っているだけです」

左衛門が大門の上体を起こしながらいった。

「お頭！」

影たちは刀を構え、左衛門や文史郎に迫ろうとした。だが、細小路の中では、一人ずつしか前に出て来ることができない。

文史郎はいった。

「約束通りに、おまえを離す」

文史郎は小刀を構えたまま、頭の軀を突き飛ばすようにして離した。

頭は後ろに飛び退いたが、今後は左衛門に小刀を突き付けられた。

「どうする、まだやるか？」

文史郎が頭にいった。

「やっちまえ」「こんちくしょうめ」「押し込むなんて、ふてえ野郎だ」「ぶっとばせ」

「ただじゃ帰すな」

裏店の住人たちが周囲からしんばり棒や天秤棒を手に戸口から顔を出し、影たちに罵声《ばせい》を浴びせた。

頭は形勢不利と見て叫んだ。

「引け、引け」

その号令を合図に影たちは細小路の先に一斉に移動しはじめた。裏木戸から出て行くつもりだ。

「おい、おぬしら、何者だ？」

文史郎は、殿《しんがり》となって部下たちを逃がす頭に向かって訊いた。

「答えるに及ばず。そういうおぬしは？」

「何も知らずに押し入ったか。愚か者め」

文史郎はからからと笑った。左衛門がすかさずいった。

「それがしたちは、剣客相談人。こちらに居られるは、長屋の殿様文史郎様だ」

「殿様だと？　笑止《しょうし》」

影たちの頭は訝った。

「爺、よせ。こいつらが名乗らないのに、教える必要はない」

頭は最後の黒装束が引き揚げようとしているのを見て、刀を腰に納めた。

「この礼は、いつかさせてもらう。覚えておれ」

「いつでも来い。今度は容赦しない」

頭はくるりと踵《きびす》を返すと、細小路を猫のような素早さで引き揚げて行った。

「この長屋には剣客相談人の殿様がついているんだ。ざまあみろ」「一昨日《おととい》、来やがれ」「けえれけえれ」「へ、今度来たら、ただじゃあすまねえぞ」

住人たちは細小路に飛び出して来て、黒装束の頭に口々に叫んだ。

文史郎は小刀を腰に納め、大門に近寄った。

「爺、大門の怪我の具合は？」

「大丈夫みたいです。酔っ払って眠っているようです」

左衛門は大門を抱えながらいった。

大門はぶつぶつ呟いていた。

「…………？」

文史郎は大門に屈み込んだ。

「……もう、飲めぬ。……それより、もそっと近こう……むにゃむにゃ」

大門は文史郎を抱き寄せようと手を伸ばした。

「爺、こやつ、能天気なやつだ。女子のことを夢見ているようだぞ」

「……ったく」

左衛門は呆れ、大門の顔を平手で何発か張った。大門は慌てて飛び起きた。

「お、どうした？　左衛門殿は、なぜ、こんなところに？」

大門は文史郎に気付き、あたりをきょろきょろ見回した。

「あれ、殿まで、かような遊び場に御出でだったか」

「大門、何を寝呆けているのだ？」

文史郎は左衛門と顔を見合わせた。

第二話　探索

一

南町奉行所の定廻《じょうまわ》り同心、小島啓伍《こじまけいご》は荒らされた文史郎たちの長屋の中を見回しながら首を捻った。

「それで、何も盗られていない、とおっしゃるのですか？」

「うむ。どうだ、爺？」

文史郎は左衛門に訊いた。

「いえ。なんにもなさそうです。壺の中に隠しておいた金子《きんす》にも手がつけられておりませなんだ」

「ほんとに妙ですな。この押し込みは、何が目的なのか分からない」

小島啓伍は文史郎に頭を振った。

文史郎が訊いた。

「そうそう。瓦版によると、いま江戸のあちらこちらで押し込み強盗が起こっているそうだな」

「はい。そうなんです」

「これも、その一連の押し込みの一つかのう？」

「おそらく、そうでしょう」

「これまで何件起きているのだ？」

「奉行所に届けがあった押し込みは、十件ありまして、これで十一件となります」

「いずれも、黒装束の一団が裏店を襲うが、何も盗らないとのことだが」

「そうなのです。ただし、決まって、その裏店に住む侍の長屋が狙われるんです。殿の長屋のように、荒らして行く。何か探しているようなのですが、それが何か分からない」

「瓦版には、浪人狩りではないか、とあったが」

「浪人狩りかどうかは分かりませんが、確かに、これまでの十件のうち二件で浪人が連れ去られたまま行方知れずになっていて、いまだ帰って来ない。しかし、ほかの八件は、襲われても連れて行かれなかった。だから、押し込みたちは、かならずしも浪人が狙いとはいいがたい。いったい、何が狙いなのか、いま一つ分からないのです」

「連れ去られてしまった浪人には、何か共通するものがあるのでは？」

「そうですね。その二人は、その裏店に越して来て間もないのが特徴ですかね。それから、独り者で、身寄りがない」

「そうか。大門があてはまるな」

「連れて行かれなかった者は、いずれも、夫婦者だったり、家族持ちだったり、裏店に長年住んでいる者でした」

左衛門が台所を片付けながらいった。

「殿、大門殿は、だいぶ前からここに住んでますよ」

「……それにしても、押し込みたちは、大門を連れて行ってどうするつもりだったのかな」

文史郎は頭を傾げた。左衛門が笑いながらいった。

「大門殿を連れて行っていたら、押し込みたちはだいぶ苦労するのではないですかな。偏屈だし、ちょっとやそっと痛めつけても、何も口を割らないでしょう」

噂をすれば影。

細小路を歩く下駄の音と話し声が聞こえた。

「ごめん」

開け放った戸口に大門が顔を出した。大門のあとから、忠助《ちゅうすけ》親分と下っ引きの末《すえ》松《まつ》が続いた。

「いやあ、昨夜は、殿と左衛門殿にお世話になったみたいですな」

「確かにお世話しましたぞ」

左衛門が文史郎に代わっていった。

小島啓伍が訊いた。

「大門殿、何があったのです？」

「いやあ、酔っていい気持ちで長屋に帰ったところまでは、よく覚えておる。そこへ黒い影のような連中が、それがしを襲って来て、気付いたら、いやらしい左衛門殿や殿が覗き込んでおった」

「何がいやらしい？」左衛門が文句をいった。

「廓《くるわ》でいい女に抱っこされていたところを無理遣《や》り左衛門殿に起こされてしまって」

大門は恨めしげに左衛門を見た。

左衛門は頭を振った。

「馬鹿馬鹿しい。あのまま、あの連中に連れて行かれたらよかったのに」

小島啓伍が笑いながら、大門に尋ねた。

「何か盗まれたものはありませんでしたか？」

大門は首を捻った。

「荒らされはしたが、何も盗られた形跡はなかったですな」

小島は忠助親分に訊いた。

「親分、何か気付いたことはないか？」

「大門様の長屋も、畳を上げられて、床下を調べられてました」

「天井裏は？」

「へい、ここと同じでやす。天井板が外され、天井裏まで調べられていやした」

「やはりそうか」

小島は腕組をした。文史郎がいった。

「余が争った相手はお頭《かしら》と呼ばれていた男で、武家だった。それもかなり腕が立つ」

「そうですか。ほかの押し込みも、どうやら、武家が頭で、どうも侍ではない、中《ちゅう》間《げん》小者も混じっている様子だと分かってます」

「おう。そうか」

「これまでの聞き込みでは、事前に裏店を窺う連中がいて、いずれも侍ではなかった。侍では目立つからでしょう。町人や物売りなら怪しまれない。それで、事前にどんな浪人がいるのか、調べたらしい」

「どうだい、今度の事案は、おぬしたち奉行所の管轄かい？　それとも、火盗改《かとうあらため》になるのかな？」

「冗談ではない。いくら、武家が絡んでいる事案とはいえ、我々奉行所で調べますよ。これまで軒並み、裏店が襲われているんですからね」

小島は語気を強めていった。

文史郎は笑みを浮かべた。

「それを聞いて安心した。この押し込み、どうも気になる。何か分かったら、我らにも内緒で教えてくれまいか」

「いいですよ。もちろん」

「それから、この押し込みとは別に、おぬしたちに内密に頼みがあるのだが」

「なんです、あらたまって」

「事情を話すことはできないのだが、最近、江戸の蔵屋敷から鉄砲を盗み出されたという話を耳にしておらぬか？」

「鉄砲?」

「うむ。それも二挺盗まれたというのだ」

「どこの蔵屋敷です?」

「それをいう訳にはいかないので辛いのだが、どうだ、聞いたことはないか?」

小島は忠助親分に向いた。

「……親分、末松、どうだ?」

「ありませんが、心して調べてみましょう。そういう話に詳しいやつがいますんで」

文史郎は左衛門に目配せした。

「親分に、軍資金を渡しな。大事な話を聞き出すには、それなりのカネがかかるものだ」

「はい。すぐに」

左衛門は懐から財布を取り出し、後ろを向いた。

「とんでもねえ。殿様、まだそいつに会って話を聞いているわけではねえんで。でえいち、そいつには貸しがありやしてね。そろそろ、その貸しを返してもらおうかと思っていたところでやすから」

忠助親分は両手を振った。左衛門は財布から二朱金を何個か取り出し、忠助親分の手に押し込んだ。

「遠慮するな。これは親分と下っ引きの飯代と足代だ。相手も食わねばなるまい。カネを使えば話も出て来よう。取っておいてくれ」

「そうだ。親分、遠慮なく頂いておきな。何に必要になるかもしれない」

　小島もうなずいた。

「そうですかい。じゃあ、遠慮なく頂いておきやす」

　忠助親分は、小島がいいと許可を出したので、手にした金子を懐にねじ込んだ。

「さあ、末松、おまえも礼をいっておきな」

　忠助親分は末松の頭をとんと叩き、お辞儀をさせた。

「何か聞き出したら、すぐにお知らせします」

「頼む。おぬしたちが力になってくれると、千人力を得たようだ」

　文史郎は左衛門や大門と顔を見合わせて笑った。

二

　青空が拡がり、大川には暖かい春の風が吹き寄せていた。

文史郎は玉吉の漕ぐ猪牙舟に乗り、のんびりと大川を遡《さかのぼ》っていた。左衛門が舳先の方に、大門が文史郎と向かい合って座っている。

いましも、菰に包まれた荷物を積んだ伝馬船とすれ違った。

伝馬船が通り過ぎて視界が開けると、右岸に大きな蔵屋敷の白壁が現れた。船着き場の桟橋が何本も川に突き出している。その桟橋に数隻の伝馬船が横着けされ、荷の積み降ろしが行なわれていた。

「殿、あれが水戸藩の蔵屋敷でございます」

玉吉が小声でいった。

水戸殿の蔵屋敷を川から見ようといったのは、文史郎だった。

いくら蔵屋敷の周囲を巡り、蔵屋敷の様子を窺っても、陸地からだけでは見えないものがある。

屋敷を囲む築地塀《ついじべい》と、その厳重な警戒振りから見ると、二挺の鉄砲を屋敷から持ち出すのは、だいぶ難しそうだった。

もし、鉄砲を持ち出しても、周囲は田圃《たんぼ》や湿地帯で、隠れる場所もなく、追っ手をまくのは容易ではなさそうだった。逃げるにしても、やはりどこかの掘割か支流の小川で、舟に乗らねばならず、大川を渡らねば、江戸の町に鉄砲を運ぶことはできない。

「玉吉、それで、何か聞き出せそうか」

　文史郎は蔵屋敷を眺めながら訊いた。

「へい。ここの蔵屋敷ではねえんでやんすが、水戸藩の上屋敷にいる顔見知りの折助《おりすけ》にちょいと賭場《とば》で会ったんで、声をかけてみたんでやす。そうしたら、そいつのダチに蔵屋敷にいる小者がいるから、そいつにあたってみな、と」

「なんという小者だ？」

「伸助《しんすけ》ってえ野郎で、ついこの間、上屋敷の賭場で大損こいたそうなんです。ところが、伸助は、いまに大金が入るからって、胴元に話をして、かなりの借金をした。ところが、伸助がまだ借金を払わないので、胴元がやきもきしているそうなんで」

「その、いまに大金が入るというのは、どんな話なんだ？」

「その顔見知りの折助に訊いたところ、伸助は、蔵屋敷の誰かを脅しているらしいんで。何か大事な秘密を握り、金を寄越さねば、出るところに出ようではないか、とそいつに啖呵《たんか》を切ったらしいんで」

「ほほう。おもしろい話だな。で、その伸助には、いつあたるのだ？」

「今夜です」

「どうやって会うのだ？」

「伸助も用心深いやつなんで、あっしのような初対面の者には会おうとしない。それで顔見知りの折助仲間に、ちょいと金を握らせ、伸助を呼び出してもらうことになっているんでやす」

玉吉はにやりと顔を歪ませた。

「音吉は、いまどうしている？」

「手下をあちらこちらにやって、船頭仲間にあたってます。最近、蔵屋敷から不審な荷物を運び出した船頭はいないかって」

「何か分かったことはあるかい？」

「まだ何も。ですが、数日もかからぬうちに、何かひっかかるでしょう」

「うむ。頼みにしておるぞ」

文史郎は顎をしゃくった。

船頭をあたったり、悪の仲間の折助たちにあたるのは、文史郎たちには無理なことだった。そうしたことは、元お庭番の玉吉や音吉に任せた方がうまく行く。

「玉吉、もういい、引き返してくれ」

「へい。今度はどちらへ」

「江戸船手の役屋敷だ」

「へい、畏まりました」

玉吉は舟の舳先を大きく回頭させ、流れに乗せて下流に向けた。

江戸船手の役屋敷は、大川の河口にある霊岸島《れいがんじま》の永代橋の袂《たもと》にある。

「殿、いよいよ向井将監殿に直面談《じか》ですな」

大門がにんまりと髯面を崩した。

三

江戸船手頭、三代目向井将監は座敷で平伏し、文史郎たちを迎えた。

「これはこれは、殿、ようこそお越しいただきました。恐縮至極に存じます」

船手頭の様子に、部下の与力や水主《かこ》（同心）たちも見習って、一斉に平伏した。

文史郎は一瞬困惑して立ち止まった。

「船手頭向井将監殿、それがしは、無役の素浪人でござる。どうぞ、お手を上げてくだされ」

「いえいえ。先般、お目にかかった折に、お聞かせいただきました。いまでこそ、長屋の殿様、剣客相談人をなされているが、その正体を存じております。隠居なされたとはいえ、徳川親藩の那須川藩元藩主の若月丹波守清胤様に変わりはありません。しかも、信濃松平家から若月家へ婿養子に入られた由。大目付松平義睦様の実弟ともお聞きしております」

「……いやあ、そこまでお調べだったか」

文史郎は左衛門と顔を見合わせた。

大門は顎鬚を撫で、鷹揚にうなずいている。

向井将監は続けた。

「先般は、そのようなことも知らず、松平文史郎様には重ね重ね失礼をいたしまして、汗顔《かんがん》の至りにございます。どうぞ、そちらの席にお座りください」

向井将監は床の間を背にした上座の座布団を手で指した。床の間の前に、三枚の座布団が並んでいた。

「……ううむ」

文史郎はどうしたものか、と一瞬迷った。

「どうぞどうぞ、お座りいただきたい」

「殿、座りましょう。そうしないと、話の埒《らち》が明《あ》かない」

大門は髯をいじりながら、さっさと左端の座布団に座った。

「うむ。そうするか」

文史郎は真ん中の座布団に座り、刀を後ろに置いた。

「では、それがしは」

左衛門は文史郎の後ろに回って控えるように正座した。

「う？　左衛門殿、どうして、そんな殿の後ろに座るのだ？」

大門は目で右側の座布団を指し、小声で左衛門に訊いた。

「それがしは殿の傅役《もりやく》。ここでいいのでござる」

左衛門は小声で答えた。

文史郎は覚悟した。

爺も傅役に徹しようとしている。

向井将監が、あくまで殿として、自分を立てようとするのなら、素直に応じるのが礼儀というものだろう。

文史郎はあらためて座布団に座り直した。

「船手頭、面《おもて》を上げい」

「ははあ」

向井将監は顔を上げた。

「本日、こちらに参ったのは、折り入って、船手頭に、ひとつ頼みがあってのこと。他言無用のことなので、しばらく、人払いをしてほしいのだが」

「へへい」

向井将監は脇に居た与力や水主に座敷から出るように小声で命じた。

与力や水主たちは、文史郎に一礼し、ぞろぞろと座敷から出て行った。

向井将監は畏《かしこ》まっていった。

「して、本日は、いかなる御用があってのお越しでございましょうか？」

「向井殿、もそっと近くへ。他人に聞かれてはまずい」

「はっ」向井は膝行して文史郎に近付いた。

「向井殿、そんなに畏まらないでくれ」

「しかし」

「しかしも何もない。それがしとおぬしの間柄だ。友として付き合いたい」

「ありがたき……」

「もっとくだけてくれ」

「はあ。……」

向井は戸惑った表情になった。

「それがしの頼み、聞いてくれるか」

「はい。どのようなことでござろうか？」

「実は、鉄砲が消えた。そのこと、聞いておらぬか？」

「鉄砲ですと？」

「うむ。それも最新式の洋式鉄砲だ」

「どちらで？」

「菱垣廻船で江戸へ運ばれる途中、あるいは陸揚げされたのちかに、消えた」

「……抜け荷でござるか？」

向井は不安そうな顔をした。

「かもしれぬ。そうではないかもしれぬ」

「…………」

向井は当惑した顔付きをした。

「江戸へ入る船の積み荷は、すべて江戸船手が検分いたすのだろう？」

「はい、建て前では。しかし、すべてを検分するには人手が足りません。ですから、一応抜き取り検査をして、それで不審な積み荷でなければ許可することになっております」

「禁制品の鉄砲となれば、検分はとりわけ厳しく行なわれるのだろうな?」

「はい、もちろんのことにございます。原則、鉄砲の江戸への持ち込みは厳禁されております。しかるに、持ち込まれたということは、幕府の鉄砲方、あるいは鉄砲玉《たま》薬《くすり》奉行《ぶぎょう》か、鉄砲簞笥《たんす》奉行《ぶぎょう》の管轄の鉄砲でござろうか」

鉄砲方は、幕府の鉄砲や大砲の製造や修理、その管理を行なう役であったが、鉄砲は代々田付《たつけ》家が、大砲は代々井上《いのうえ》家が世襲していた。

しかし、昔からの製法にこだわるあまり、時代遅れになっていた。

そうした世襲の鉄砲方に対して、新式の洋式鉄砲を購入したり、その複製を製造管理する役として創られたのが、鉄砲玉薬奉行や鉄砲簞笥奉行だった。

鉄砲方は若年寄支配だったのに対して、鉄砲玉薬奉行と鉄砲簞笥奉行は、留守居役支配だった。

「いや、幕府のそれらではない」

「では……」

向井の目がぎらりと光った。

文史郎は向井将監を漢《おとこ》として信じることにした。

「おぬしを信じる。これは他言無用だ。もし、おぬしが余の話を聴いても、決して他に洩らさぬと誓ってくれるか」

「お誓い申す。それがしも武士のはしくれ、他言無用であれば、殿のご命令に背くことはありませぬ」

「向井将監殿、それがしは、おぬしの殿ではないぞ。おぬしの殿は、幕府の将軍様では」

「それがしの殿は尊敬できる武士の頭領ということでござる」

向井将監はじっと文史郎を見上げた。

文史郎はうなずいた。

「その名に恥じぬようにしよう」

「畏れ入ります」

向井将監は目を伏せた。

「実は、徳川御三家の水戸藩の鉄砲方が密かに仕入れた洋式鉄砲エンフィールド銃二挺が盗まれた」

文史郎は、事件の概要を掻《か》い摘《つま》んで向井に話した。

話を聞き終わった向井は静かな口調でいった。

「では、いまのお話を伺うと、下田湊で検分の折に抜かれたか、あるいは江戸湊に到着後、陸揚げされるときに抜かれたか、そうでなければ水戸殿の蔵屋敷に入ったのちに盗まれたか、そのいずれかというわけですな」

「うむ。下田か蔵屋敷で盗まれたのか、と思っていたが、陸揚げの際にも盗まれることがあるというのか？」

「はい。抜け荷でいちばん多いのは、陸揚げの際でございます。荷役人夫が荷を伝馬船から降ろすときに、見張りの目を逃れ、そっと荷を抜いて別の伝馬船の仲間に渡す方法でございます」

「しかし、件《くだん》の鉄砲は、一挺ずつ菰に包まれたものを、さらに木箱に入れて封印してあった。そのようなことが可能かのう？」

「殿、抜け荷は、盗人が検分役の船手水主の目さえ誤魔化せば、いくらでもできるものでござる。もしかすると、荷主方や荷役人夫がぐるになってやったことかもしれませぬ。あるいは、あってはならぬことですが、船手水主が買収されて、ろくに検分もせず見逃したかもしれませぬ。……その鉄砲を運んだ菱垣廻船は？」

「廻船問屋富士屋の持ち船高砂丸だ。荷主は蔵屋敷頭内田昌文、運搬役は佐竹勝輔と聞いた」

「分かりました。そのときの検分役だった船手水主を、すぐに取り調べましょう。抜け荷の事実が明確になれば、その水主の責任を問わねばなりますまい」

　向井は憮然とした顔で口をへの字に結んだ。

「向井殿、鉄砲が盗まれた事実は、まだ表向き、無いということにしておいてほしいのだが」

「そうでしたな。その点は十分に気をつけて調べます」

　大門が口を開いた。

「船手頭殿、それがしは下田で、すでに鉄砲は抜かれていたのでは、と思うておるのだが、いかが思われるか？」

「…………」

　向井将監は一瞬顔をしかめたが、大きくうなずいた。

「確かにありうることでござる」

　文史郎が訝った。

「どうして、そう思われるのか？」

「下田で木箱を開けた際に、もし、検分した船手や運搬役の目をごまかし、何者かが二挺を抜いて、再度木箱を封印したとします。それが江戸に運ばれたものの封印してあるので、運搬役も検分役も、それを信じて木箱を開かず蔵屋敷へ運び入れたということも考えられましょう」

　大門がいった。

「向井殿、下田の船手役人についても、調べてもらえまいか？」

「分かりました。もし、下田で抜け荷があったとしたら、それこそ大問題でござる。下田へも、至急に手の者を派遣し、内密に取り調べましょう」

　向井将監はしっかりうなずいた。

「向井将監殿、お願いいたす」

　文史郎は向井に頭を下げた。

「殿、もったいない。抜け荷を見抜けなかったとなれば、江戸船手の恥。我が面子《めんつ》にかけても、取り調べますので、しばしお時間をいただきたく」

　向井将監は深々と文史郎に頭を下げた。

四

　三日が過ぎた。

　その間、文史郎は、ただひたすら、報告が上がって来るのを待つしかなかった。

何ごとも焦りは禁物。

調べものは、その道の者にすべて任せ、のんびりと英気を養いながら待つ。

いつものように、文史郎は大川端のいつもの場所で、釣り糸を垂れていると、思わぬ報せがもたらされた。

「殿、殿」

息急《せ》き切ってやって来たのは左衛門だった。

「どうした、爺？」

文史郎は振り返り、はっとした。左衛門の後ろに、松平義睦の下で動いている中《ちゅう》間《げん》の佐助の姿があった。

「殿、使いが参りました」

「うむ」

文史郎はそっと釣り竿を上げた。針に掛けた餌のミミズは長い時間水に浸かっていたせいで、白く変色していた。これでは魚も食べようと思わないだろう。

文史郎は釣り針に新しいミミズを掛け、再び川へ放った。

佐助が文史郎の脇に来て、片膝立ちで腰を下ろした。

「殿」

「うむ。佐助、話せ」

「七人の刺客のうち一人の身許が割れました」佐助は小声でいった。

文史郎は水面の浮きを見ながら訊いた。

「何者？」

「片桐統次郎《かたぎりとうじろう》。脱藩浪人です」

「どこの藩から脱藩したのだ？」

「陸前海原藩《りくぜんうなばら》です」

「あの六万石の陸前海原藩か？」

「はい」

佐助は小声で返事をした。

陸前海原藩六万石は外様だが、藩主丹羽康芳《にわやすよし》は新田開発や養蚕、殖産興業に力を入れ、短期間で財政赤字を立て直し、藩政改革の実《じつ》を上げた。そのため表向き六万石だが、実体は石高八万石といわれ、幕府の受けもよかった。

文史郎も那須川藩の藩主だったころ、陸前海原藩の藩政改革を手本にしようとした。それが実現しないうちに、文史郎は藩主の座を追われてしまったが。その後、陸前海原藩がどうなったかは分からない。

風の便りに、藩主丹羽康芳引退後、陸前海原藩は要路の汚職や領内農民の一揆などで、一時ほどの藩の勢いは無くなったということだった。

陸前海原藩は北に伊達仙台藩六十二万石、南に磐城中村《いわきなかむら》藩六万石、西に羽前山形《うぜんやまがた》藩六万石など奥州有力列藩に囲まれ、いつも政治、経済的に圧力を受けていた。

陸前海原藩が肥沃な土地と豊かな海の海産物を持っていたので、周辺諸国から妬《ねた》まれていたのだ。

「片桐は、いまどこに住んでおる？」

「内神田の職人町の裏店に身を潜めています」

浮きがひくひくと動いている。魚信《あたり》だ。

文史郎は竿を押さえ、心の中で、魚が餌のミミズに食い付くのを想像した。

いまだ。竿をさっと引き上げる。一瞬、水面に銀色の魚体が跳ね上がった。竿にかかった力が不意に抜けた。魚が水しぶきを上げて水面に戻った。

「殿、惜しい。いま少し待てば釣れましたでしょうに」

左衛門が残念そうな声を洩らす。

文史郎は餌の取れた釣り針を引き寄せた。

いま少し、魚信を我慢すれば、魚を釣り上げていた。

新しいミミズを針に付けながらいった。

「どんな男だ？」

「見かけは優男《やさおとこ》ですが、腕は中也派《ちゅうやは》一刀流の遣い手とのことです」

「歳は？」

「二十二歳ほどかと」

「若いな」

文史郎は竿を振り、餌を付けた針を川に放った。小さな水しぶきが上がり、浮きが水面に顔を出した。

「統次郎の名からすると、部屋住みの次男坊で、まだ独り身だな」

「はい。仰せの通りでございます」

「藩では何役をしていた？」

「御納戸組《おなんどぐみ》下役とか」

また浮きに魚信がきはじめた。

「兄上は、その片桐を直ちに斬れ、と申すのか？」

「はい」

「まだ斬らぬといえ」

「しかし……」

　佐助は戸惑った顔をした。

「ほかの六人の顔や身許、潜伏先は分かっておらぬのだろう？」

「……はい、まだです」

「片桐をしばらく泳がせる」

「…………」

「きっと仲間と連絡を取る。泳がせて仲間を割り出す。仲間の居場所を突き止める」

「はっ」

「佐助、分からぬように片桐を見張れ。動き出したら知らせてくれ」

「はい」

　また浮きがひくひくと水面で浮き沈みした。

　文史郎は竿を通じて伝わってくる魚信を掌《てのひら》で感じ取った。

　今度こそ。我慢だ。

　魚が餌を突っ突き、いきなり丸呑みした瞬間を捉え、一気に竿を上げた。

　銀色の魚体が跳ねながら、宙を舞った。

「おう、殿、やりましたな」

「うむ」

文史郎は竿を立て、魚を引き寄せた。先刻に逃した魚よりも、やや大きく見えた。

「殿、では、あっしはこれで」

「頼むぞ」

佐助は頭を下げ、姿勢を低くして退いた。

風を巻いて走り去った。

釣り上げたボラの口から針を外した。川に浸してある魚籠を引き上げ、魚を滑り込ませた。

「爺、陸前海原藩の内情に詳しい人を知らないか？」

「……そうでござるな。それがしの知り合いにあたってみましょう。昔、江戸屋敷に詰めていたころ、殿に陸前海原藩の藩政改革を調べるようにいわれましたな」

「うむ」

「そのときに、陸前海原藩に出入りしていた商家にあたったことがあります。だいぶ昔のことでしたが、いまもその呉服屋が陸前海原藩をお得意さんにしていれば、主人から何か話が聴けるかもしれません」

「至急にあたってみてくれ」

「心得ました。いまこの足で」

左衛門はうなずき、歩き出した。

いったい、陸前海原藩に何があったというのか？

文史郎はまた釣り針にミミズを付け、川に放り込んだ。

五

文史郎が魚籠を下げ、ぶらぶらと安兵衛店に戻った。今日は釣果があったので、気分は上々だった。これで、両隣のお福とお米に、魚をお裾分けできる。

裏店の木戸に着くと、ちょうど出て来る忠助親分と末松にばったりと出会った。

「あ、殿様、お帰りですかい。よかった」

「おう、親分、どうした？」

「お訪ねしたら、お留守だったので、少々お待ちしていたのですが、暗くなる前に、もうひと仕事しようと帰ろうとしていたところです」

「何か、分かったのか」

「へい」

「ここではまずい。長屋に戻って聞こう」

文史郎は忠助親分と末松を従え、木戸を潜って細小路に入った。

入れ替わるように、子供たちが喚声を上げて、文史郎たちの脇を駆け抜けて行った。

赤ん坊を抱いたお福と、桶を持ったお米が立ち話をしていた。

「あ、お殿さん、お帰りなさい」

「釣り、いかがでした？」

「まあ、まあの釣果かな」

文史郎はお福とお米に魚籠を差し出した。

「お福さん、お米さん、お裾分けだ。適当に分けて食べてくれ」

「あらら、こんなにたくさん。ありがとうございます」

「お福さん、よかったね。夕飯のおかずは焼き魚だよ」

お福とお米はほくほく顔で魚籠を覗き、笑い合った。

「わしらの分は、三尾でいい。ついでに焼いてくれまいか」

「はいはい、いいですよ」

お福とお米は魚籠を手に、自分たちの長屋に駆け込んだ。

文史郎は長屋の引き戸を開け、忠助親分と末松を招き入れた。

「湯でも沸かそうかの」

忠助親分が慌てて文史郎を止めた。

「お殿様、そんな仕事は末松がやります。末松、火を熾して、鉄瓶の湯を沸かしな」

「へい、親分」

末松はさっそく台所へ上がり、竈に火を熾す準備を始めた。

「末松、済まぬな」

「とんでもねえ。こんなことは、お殿様のすることじゃねえっす」

台所から末松が大声で答えた。

「親分、ゆっくりしてくれ」

「へい。ありがとうございます」

文史郎は畳の上に胡坐をかき、煙草盆を引き寄せた。キセルに莨《たばこ》を詰めながら、忠助親分に向いた。

「さて、話を聞こうか」

「鉄砲が盗まれたってえのは、水戸藩の蔵屋敷ではねえですか？」

「うむ。よく分かったな」

「やはりそうですかい。それで、いま蔵屋敷では、盗んだ下手人《げしゆにん》捜しで、たいへんらしいんです」

「鉄砲は、どこから盗まれたのだ？」

「え？　あの蔵屋敷の倉から盗まれたんじゃねえんで？」

「それが分からないのだ。堺から運ばれて来る途中で抜かれたのかもしれない」

「あっしたちが聞き出した野郎は、蔵屋敷から盗まれたらしいといってやしたが、そうとはまだ決まってねえんですね」

「うむ。そうなんだ。で、その男は、下手人については何か知っていたか？」

「いえ。その野郎も知らないといってましたね。知っていたら、とっくに百両を貰って吉原へしけこんでいらあ、と」

「ほう。賞金が出ているのか？」

「そうなんで。鉄砲を盗んだやつを通報した者には、蔵屋敷頭から百両のご褒美が出るって話です。それで、みんな密かに下手人捜しをしているそうなんで」

「そうか」

文史郎はキセルを銜《くわ》え、火種を探した。

「末松、お殿様に竈《かまど》の火を持って来てくんな」

「へーい」

末松は火のついた小枝を持って来て、文史郎に渡した。キセルの皿を火にかざし、莨を吸った。煙が輪を描いて上がった。

「で、親分、その男の話は信用できるのか？」

「信用できるかといえば、ちょっと怪しいんですが、金さえ出せば、だいたい間違いないことを喋るやつでして」

「何者なのだ？」

「いろんな藩に雇われて渡り歩いている、米吉《よねきち》っていう渡り中間なんですが、いま米吉は水戸藩上屋敷で門番をしているんです」

「では、内情に詳しいな」

「そうなんで。それで、米吉によれば、最近あいついでいる押し込みは水戸藩のお庭番だっていうんです」

「なに、ほんとうか？」

「へい。小島様にも、お知らせしたのですがね。毎晩のように夜になると上屋敷から、お庭番の頭や小頭が出て行くそうなんです。そうすると決まって押し込み騒ぎがあるというんです」

「ほう。大門も、そやつらに襲われたというのか。で、お庭番たちは、いったい何を捜しているのだ？」

　忠助親分は声を少しひそめた。

「米吉が中間頭や仲間から聞き出したことによると、盗まれた鉄砲を捜しているそうなんで」

「ほう。それは初耳だな。わしらに依頼した物頭岡田義之介の話では、藩主はもちろん、五人の家老たちには知らせていない、知っているのは、中老や蔵屋敷頭など四人だと聞いていたのだが」

「そうですかい。ですが、藩主はともかく、御家老たちは知っているらしいですよ。それでお庭番に指示して、鉄砲捜しを始めたらしい」

「おかしいな」

　文史郎は首を捻った。

　岡田義之介が嘘をついていたのだろうか。しかし、そうとは思えなかった。

　鉄砲二挺を盗まれたことが、幕府に知られたら、いくら親藩とはいえ、藩主の責任を問われかねない。

　だから、物頭の岡田義之介や中老たちは、事実をひた隠しにしておき、相談人の自分たちに鉄砲を捜し出し、取り戻してほしい、と依頼して来たのではなかったのか？

それなのに、すでにお庭番が嗅ぎ付け、鉄砲捜しをしているというのか？

お庭番が動くほど、全藩の問題になっているなら、自分たちの出番はない。

岡田義之介に会って、いったい、どうなっているのか、問い質さねばならぬな、と文史郎は思った。

「米吉の話では、押し込みたちに連れ去られた浪人たち二人ですが、水戸藩の下屋敷の牢屋に監禁されているそうです」

「その二人は、盗まれた鉄砲に関係があるのか？」

「それが謎なんです。あっしらが、小島様と調べたことによると、二人とも脱藩者だが、水戸藩とは関係のない侍でしてね。一人は宮本某《みやもとなにがし》と名乗る四十代の侍で、自称元長州《ちょうしゅう》藩士、いま一人は、山門某《やまかどなにがし》という二十代の侍で、こちらは元陸前海原藩士とのことでした」

「長州藩士と陸前海原藩士だと？」

陸前海原藩の脱藩者？

文史郎は気になったが、何もいわなかった。

「大家の話では、どちらも、在所で何か不始末をしでかしていられなくなり、江戸へやって来たそうです。裏店の住人によれば、どちらも来て間もないが、おとなしい、真面目な浪人だったそうですが」

「鉄砲は見つかったのかな？」

「いや、まだでしょう。大門さんのあと、十二件目の押し込み強盗が昨夜ありましたからね」

末松が盆にお茶の湯呑み茶椀を載せて運んできた。

「お茶ができました」

「ご苦労さん」

文史郎は盆から湯呑み茶椀に入った番茶を手に取り、口に運んだ。熱い番茶を啜りながら、考え込んだ。

六

文史郎の話を聞き終わると、大門は腕組をし、宙を睨んで唸った。

「ううむ。そうでござったか。押し込み強盗は、水戸藩のお庭番だったのか」

「しかし、大門殿、危ういところでしたな。あの夜、連中に連れて行かれたら、いまごろ水戸藩下屋敷の地下牢かどこかに繋がれていたかもしれませんぞ」

左衛門が台所で夕食後の食器を洗いながら、大門に声をかけた。

大門は頭を振った。

「それがしは、いまも繋がれている二人の浪人が他人事《ひとごと》に思えないですな」

「うむ。それがしも、なぜ、水戸藩がそんなことをやるのか、少々腹が立っている。兄上に頼んで直ちに二人を釈放するよう水戸藩に談判してもらおう」

文史郎は茶を啜りながらうなずいた。

「お殿様」

玉吉の声が外から聞こえた。

「おう、玉吉か、入ってくれ」

障子戸が軋み音を立てながら引き開けられた。

「ちょっとお知らせが」

玉吉は尻っぱしょいした着物を直し、土間に跪《ひざまず》こうとした。

「玉吉、挨拶は抜きだ。ここへ上がれ。そこでは話が見えぬ」

文史郎は畳を叩いた。玉吉は「へい」と頭を下げると、草履を脱ぎ、畳に上がった。

玉吉は上がり框の近くに膝を揃えて正座した。

「何か分かったか？」

「へい。顔見知りの折助のダチの紹介で、例の伸助ってえ水戸藩蔵屋敷で働いている小者にあたったんです」

「賭場で大損した例の男だな」大門がいった。

「そうです。いまに大金が入るからって、大言壮語し胴元から多額の借金をした男です。で、その伸助の話では、なんと盗まれた鉄砲は二挺だけではないっていうんです」

「なに、ほんとうか？　まだほかにも盗まれた鉄砲があるというのか？」

文史郎は驚いた。

「ほんとうかどうかは分かりませんよ。伸助の嘘かもしれませんのでね。ともかく、その伸助によると、倉から盗み出された鉄砲は二挺でなく、合わせて四挺だっていうんです」

文史郎は大門と顔を見合わせた。

「その伸助は、自分が内緒で鉄砲や紙製薬包を船に運ぶのを手伝わされたんだから間違いないと。もっとも、そのときは、鉄砲の菰包みは二挺だったが、といっていましたがね」

「では、なぜ、四挺だと？」

「上役が話していたというんです。先の抜かれた二挺はどこに行ったのだと話していたそうです。それで、前にも抜かれた二挺があるんだ、と」

「その上役というのは、誰だ？」

「それが金蔓《かねづる》なんで、伸助は笑ってごまかすんです。それをいったら、一銭にもならねえと。だから、知りたければ、もっと金を出してくんなと」

「蔵屋敷の上役か」

文史郎は岡田義之介から聞いた四人を思い浮かべた。

中老の高坂渕衛門、御納戸組組頭の但馬嘉門、蔵屋敷頭の内田昌文、それに当人の物頭岡田義之介。

左衛門が文史郎にいった。

「その上役は誰か分かりませんが、そやつは、どうやら、先の二挺を抜いたやつについても知っている様子ですね」

「うむ。それで、伸助はその話を誰に売ろうとしておるのかのう？」

文史郎は顎を撫でた。玉吉がいった。

「伸助の口振りからすると、その上役と対立する誰かに売るつもりらしかったですね。

もしかすると、もう売っているかもしれません」

「というのは？」

「今日明日に大金を手に入れるといってましたから」

左衛門が訝った。

「大丈夫ですかのう。その伸助、下手をすると上役に消されるのではないかな」

「本人も、それを気にしていて、蔵屋敷を無断で辞め、二度と近寄らないといってました」

「そうか。玉吉、伸助はいくらほしいというのだ？」

「殿様、伸助は大金が入ったら、そのときには、あっしに教えてくれる、といってやしたから。その代わり、しばらくほとぼりが醒《さ》めるまで、どこかに身を隠すと」

「では、そちらも待つしかないか」

文史郎は腕組をし、頭を振った。

玉吉がはっと身構えた。懐の刀子《とうす》を握り、聞き耳を立てた。

文史郎も大門も左衛門も戸口に目をやった。

障子戸の外に人の気配がする。

「……もし、大館文史郎様」

佐助の声だった。

「おう、佐助、入ってくれ」

文史郎はみんなに笑った。玉吉は安堵して懐から手を抜いた。

がらりと障子戸が開き、渋い茶色の装束に身を固めた佐助がするりと中に入り、すぐに障子戸を閉めた。

「どうした？」

佐助は頭から被った覆面を脱いだ。

「今夜、片桐統次郎のところに押し込み強盗が入りそうなんです。いかがいたしましょうか、と思い、お呼びに上がったんです」

「なに、押し込み強盗が入りそうだと」

文史郎が訝った。佐助はうなずいた。

「へい。昨日あたりから、細作が裏店を窺いはじめていたので、用心をしていたのですが、今夜には、頭《かしら》らしい男もやって来て、下見《したみ》をしていたのです」

「まずいな。押し込み強盗に片桐を殺されたり、拉致《らち》されては、泳がせている意味がなくなる。よし、大門、爺、玉吉、出掛けるぞ」

「殿、どうするというのです」

左衛門が訊いた。

「まずは、片桐を助けねばなるまい。あとのことは、あとで考えよう」

文史郎は刀を手に立ち上がった。

「みんな、行くぞ」

大門も左衛門も玉吉も、その声に一斉に立ち上がった。

「佐助、案内せい」

「はっ」

文史郎は障子戸を開き、佐助のあとを追って夜の街に走り出た。

七

あたりは月明かりに照らされていた。

佐助の案内で、駆け付けた先は、内神田の職人街の一角だった。

佐助はさっと手を上げた。

文史郎たちは駆けるのをやめ、物陰に隠れた。

商店の物陰から、黒い人影が一人現れ、佐助に囁いた。

「間もなく押し込むようです」

「片桐が住んでいる竹兵衛店《たけべえだな》は、どこだ？」

文史郎は佐助に囁いた。佐助は通りの先を指差した。

「竹兵衛店は、およそ一丁先の右手の路地を入ったところです」

月明かりに照らされた通りを窺った。

路地の入り口のあたりに、十数人の人影が一塊になってしゃがんでいるのが見えた。

「あれか？」

「はい」

「賊の人数と配置は？」大門が訊いた。

「あの表の木戸前に十人、裏手木戸に十人の総勢二十人ほど」

「頭《かしら》はどこにいる？」

「頭が正面の木戸に、搦《から》め手の木戸に小頭らしい武士がいます」

文史郎は顎を撫でた。

敵は二十一、二人。

「片桐の長屋は裏店のどのあたりにあるのだ？　片桐はひとりか？　それとも、誰か仲間といっしょか？」

「どうだ？　その後、片桐の長屋に、誰か入った様子はないか？」

佐助は黒装束の手下に向いた。黒装束はかすれた声でいった。

「いえ、片桐は一人のはず。仲間は来ていません」

大門が訊いた。

「殿、いかがいたしますか？」

「待て。いま策を考えておる」

文史郎は腕を組み、思案した。

左衛門がいった。

「爺は、このまま手を出さず、押し込み連中にやらせればいいと思ってますよ。どうせ、始末せねばならない刺客だ。水戸藩の連中がやってくれれば、その手間もはぶけましょう」

大門はにやにやした。

「爺さんは、意外に冷たい御仁だな。ここで片桐を助けておけば、片桐はわしらに恩義を感じ、ほかの刺客について、何か教えてくれるかもしれぬ」

「甘いですな、甘い。刺客には、人情は通じませんぞ。そうでなければ人など殺せない」

「いや、爺さん、情けは他人《ひと》のためならず、というではないか」

「二人とも、静かにしろ。考える邪魔になる」

文史郎は左衛門と大門をたしなめた。

「いいか、みな、聞け」

文史郎は静かにいった。

「やつらは片桐の寝込みを襲い、有無をいわさず片桐を拉致して来るだろう」

「殺しませんか？」

「おそらくすぐには殺さぬだろう。片桐が抵抗すれば別だが。殺すのが目的ではなさそうだ。大門のときのように生かして連れ帰り、拷問にでもかけて、何かを吐かせるつもりだと見た」

「なるほど」左衛門と大門はうなずいた。

「寝込みを襲われた片桐は、あやつらに拉致されて通りに出て来る。そこをたまたま通りかかった余が、不意をついて襲いかかり、片桐を助け出す」

「その、たまたま通りかかった余が、というのはなんですか？」

「余が、たまたま通りかかったかのような芝居をするのだ。相手を油断させるためにな」

「どうするのです？」

左衛門が不安そうな声を立てた。

「ま、見ておれ。余の一世一代の大芝居だ」

文史郎は笑った。

「それがしが一人で乗り込む」

大門が文史郎を止めた。

「殿、その役はそれがしが務めます」

「駄目だ。大門、おぬしは、やつらに知られている。おぬしが現れたら用心する。余なら頭《かしら》以外には知られていない」

文史郎は手拭いを頭から頬被りした。

「爺、大門、おぬしら二人は余が呼ぶまで、どんなことがあっても出て来るな。出て来れば芝居のぶち壊しになる。よいな」

「しかし、殿……」左衛門が慌てた。

「これは命令だ」

「分かりました」

左衛門は不満そうだが、うなずいた。

「大門、爺を頼む。見張っておれ」

「承知」大門が笑ってうなずいた
佐助が囁いた。

「殿、始まりました」

一丁先の路地に、黒装束の人影が音も立てずに入って行く。

「よし。玉吉、おぬしに頼みがある」

文史郎は後ろの玉吉を呼んだ。

「おぬしは番屋へ行って、押し込みだと通報しろ。町方《まちかた》役人を連れて来い」

「心得ました」

「それから町方が来て、押し込みたちが逃げ出したら、すぐに尾行しろ。ほんとうに水戸藩のお庭番かどうかを突き止めるんだ」

「合点です」

玉吉は、素早い身のこなしで姿を消した。

文史郎は佐助に囁いた。

「佐助、おぬしの手下は何人だ？」

「こちら側に、あっしを入れて三人、裏手側に二人」

「佐助、みんなに知らせろ。おぬしたちも絶対に手出し無用だ。どこかで片桐の仲間が見ているかもしれぬ。騒ぎにかかわらず、黙って見ている不審な人影を見付けたら、そいつを尾行しろ。どこに帰るのかを突き止めろ」

「心得ました」

「行け」

佐助は手下を連れ、姿を消した。

「それがしも、行くぞ」

「殿、お気を付けて」

「ま、見ていろ」

文史郎は酒に酔った振りをし、ふらふらと通りに出た。大刀を鞘ごと腰から抜いて肩に担いだ。千鳥足で通りを歩いて行く。

職人たちの町は、朝が早い。そのため寝るのも早い。まだ宵の口だが、町はすっかり寝静まっている。

竹兵衛店の出入口の路地には、数人の黒装束が残っており、あたりを油断なく見張っていた。

文史郎は大刀を肩に担ぎ、小唄を唸りながら、あちらへよろよろ、こちらへよろよろと歩いて行った。

男たちは文史郎に、じっと警戒の目を向けている。

「なんだ、酔っ払いか」

「各々方《おのおのがた》、酔っ払いとはいえ、油断めされるな」

男たちのひそひそ声が聞こえた。

「なにをーくよくよ、かわばたやなぎーと」

文史郎は都々逸《どどいつ》を口走り、黒装束の男たちによろめき寄った。

「しようがない酔っ払いだ。邪魔だ、あっちへ行け」

「シッシ、あっちへ行け」

黒装束たちは文史郎を追い払おうとした。

「シッシとは、失敬な。わしゃイヌにあらず」

文史郎は消火桶のそばに空駕籠があるのに気付いた。駕籠舁《かき》が二人、蹲《うずくま》っている。

「みろ、イヌを払うようなことをいうから、わしゃ、小便がしたくなってしまったではないか」

文史郎は文句をいいながら、よろめき歩き、消火桶の前に立ち止まった。刀を担いだまま、着物の前をはだけ、立ち小便を始めた。

竹兵衛店から、どどどっと黒装束の一団が走り出て来た。

「おぬしら、何やつ。名を名乗れ」

白刃《はくじん》を手にした侍が一人、黒装束のあとから出て来た。

文史郎は知らぬ顔で立ち小便をする振りを続けた。

侍は大刀を八双《はっそう》に構え、周りを取り囲む黒装束を見回した。十数人の黒装束たちは、無言のまま、白刃を構えている。

「おぬしら、幕府のイヌだな。では、容赦しないぞ」

侍ははたと周りの男たちを睨みつけた。

月明かりに浮かんだ侍は、着流しの裾を乱し、歌舞伎役者のように美男だった。

こやつが片桐統次郎か、と文史郎は思った。

「どうした、怖じ気づいたか。かかって来い」

だが、黒装束たちは誰も白刃をかざしたまま動かない。命令を待っている様子だった。

黒装束の一団の背後に腕組をして立っている黒頭巾姿の人影があった。もう一人の小柄な影と何ごとかを話している。

頭《かしら》だ、と文史郎は見た。

「斬れ」

頭は低い声で命じた。

それを合図に、黒装束たちの何人かが気を合わせて、斬り込んだ。

片桐の刀が、月光を浴びて一閃二閃した。

たちまち二人が斬られて路上に転がった。

出来る、と文史郎は思った。

だが、黒装束たちもさるもの、三方から一斉に片桐に殺到し、上段、中段、下段から斬り込んだ。片桐はまたも二人を斬り倒したが、三人目の男の刀に右腕を斬られ、後ずさった。

「…………」

片桐は消火桶を背にしようとして、立ち小便をする文史郎に気付いて、はっとして飛び退こうとした。

一瞬、体《たい》を崩した。また三人が白刃をきらめかせて片桐に斬り込んだ。

片桐は一人を斬り、文史郎の足許に転がり込み、二人の刃から逃れようとした。

「おっとっと。なんだい、なんだい、突然」

文史郎は肩に担いだ刀を振るい、斬りかかった二人を叩き伏せた。

「おぬしら、多勢に無勢は卑怯であろう」

文史郎は片桐を背に回し、黒装束たちに向き直った。

黒頭巾を被った頭が腕組を解き、文史郎を睨んだ。

「こやつはなんだ？」

黒装束の一人が小声でいった。

「通りすがりの酔っ払いでござる」

「おい、酔っ払い、邪魔するな。どけ。どかねば、おぬしも斬るぞ」

小頭らしい黒装束が脅しをかけた。

「ほほう、おもしろい。斬れるものなら斬ってみよ」

文史郎は手にした大刀の鞘を振り払った。鞘を足許に投げ捨て、八双に構えた。

黒装束たちは、三方から文史郎に向かった。

正面の男は上段、左手の男は中段、右手の男は下段の構えだ。

「必殺三方陣《ひっさつさんぽうじん》。おぬしら柳生《やぎゅう》だな」

三人一組で、三段構えにより、三方から斬りかかる。柳生新陰流《しんかげ》の必殺技だ。同時に斬りかかって来る敵に対し、よほどの達人でも二人に対応するのがやっとである。

残る一人が相手を斬り倒し必殺を期す。

柳生新陰流の暗殺剣だ。

片桐は、この必殺三方陣を破れず、腕を斬られた。だが、それで済んだのは、片桐がかなりの達人だったからだ。

文史郎はおもしろいと思った。必殺三方陣に立ち向かうのは初めてだが、己が破って見せる。

三人は無言のまま、一斉に斬り間に飛び込み、文史郎に躍りかかった。

文史郎の軀が一瞬先に動いた。文史郎は正面の男に自らの軀をぶつけて撥ね飛ばすと、刀を払い、左手の男の胴を斬った。返す刀で右手の男の胴に切っ先を突き入れた。

撥ね飛ばされた男が立ち上がり、文史郎に刀を突き入れようとしたのを、文史郎は上段から斬り下ろした。男は肩口を斬られて、その場に崩れ落ちた。

文史郎は残心《ざんしん》の構えになり、次の攻撃に備えた。

「おのれ。おぬしの流派は心形刀流《しんぎょうとうりゅう》だな」

小頭の黒装束が刀を抜き、文史郎に構えた。

通りの先から、大勢が駆け付ける足音がした。御用提灯が何十と揺らめいている。

玉吉が呼んだ町方役人たちだ。

「真島《まじま》、引け。邪魔が入った」

頭《かしら》の黒頭巾が低い声でいった。

「は、頭。しかし、こやつ、このままでは」

「今夜のところは、止むを得まい。引け、引くんだ」

「はっ。皆、引け。怪我人を運ぶんだ」

小頭は部下たちに大声で命じた。

黒装束たちは、手際よく、倒れた仲間を担ぎ上げ、抱え起こし、引き揚げはじめた。

黒装束の一団は掘割へ向かって急いだ。おそらく何艘も船が用意されているのだろう。

「おぬし、どこかで見た顔だな」

「そうかのう」

「また会おう。そのときには、この礼をする。待っておれ」

黒頭巾はそれだけ言い残すと、踵《きびす》を返し、あとを振り向きもせず、堂々と通りを歩み去った。

「もう、大丈夫だ」

文史郎は振り向いた。

「かたじけない」

片桐は片腕を押さえて立ち上がった。

「怪我をしておるな。手当てをしよう」

「このくらいの怪我。大丈夫でござる」

「ま、これで縛っておこう」

文史郎は頬っ被りしていた手拭いを解き、片桐の負傷した腕を縛った。

「あとは医者に診てもらうがいい」

「まことにかたじけない」

片桐は刀を懐紙で拭い、鞘に納めた。

御用提灯が次第に近付いて来るのが見えた。片桐は落ち着かぬ様子で、文史郎に向いた。

「お助けいただき、まことに申し訳ない。お名前を伺いたい」

「名乗るほどの者にあらずだ。酔って、たまたま通りかかったまでのこと、気になさるな」

文史郎は刀の血糊《ちのり》を払い、懐紙で拭った。

「せめてお名前だけでも」

そこへ、ばたばたと足音を立てて、大門と左衛門が駆け付けた。

「殿、大丈夫でござるか」

左衛門があたふたと走り込んだ。文史郎はつっけんどんにいった。

「ちょっと酔い過ぎて、先に席を立っただけではないか。呼びもしないのにそう騒ぐな」

文史郎は鞘を拾い上げ、刀を鞘に納めた。

大門が機転を利かせた。

「殿は、酔っ払って、どこへ消えたかと思えば、こんなところをうろついておったのですな。よかったよかった」

「おう、そうでした。殿、どこに消えたかと思うて捜しておったところでした」

左衛門も気付いて調子を合わせた。

「殿ですと？」

片桐が訝った。

「ははは、殿は洒落《しやれ》でござる、洒落。裏店の住民たちから長屋の殿様と呼ばれておってな。遊びだ、気になさるな」

「そうでござったか。それにしてもお強い。心形刀流でござるな。感服いたしました」

「そういうおぬしも、いい腕をしておりましたな。酔眼ながら一刀流と見たが」

「はっ、中也派一刀流にござる。それがしは、片桐統次郎と申します。せめて、殿のお名前を」

「いいか、殿は洒落だぞ。余は剣客相談人大館文史郎だ」

「剣客相談人ですか？　では、剣客相談人大館文史郎様、それがしは、これにて失礼いたす」

片桐統次郎は文史郎に一礼した。

「もし、片桐殿、その怪我の手当てをせねば」

左衛門が片桐を止めようとした。

「爺、いいから。放っておけ」

文史郎は左衛門を止めた。

片桐はそそくさと裏店に戻って行った。

佐助の姿が、そっと片桐のあとを尾《つ》けて裏店に入って行くのが見えた。

「片桐は、きっと仲間のところへ行き、怪我の手当てをするはずだ。あとは佐助に任せよう」

「なるほど。そういうことでしたか」

左衛門はうなずいた。

ようやく町方役人たちが大勢で駆け付けた。

「押し込み強盗は？」

先頭を切ってやって来た同心が息急き切って、文史郎に訊いた。

「すでに逃げた。この通りの先に行った。まだ掘割のあたりに居るかもしれぬ。追ってみてくれ」

「かたじけない」

同心の采配で、捕り方たちは御用提灯を手にどっと駆け出した。

「玉吉は？」

文史郎は左衛門に訊いた。

「町方に知らせたあと、玉吉は掘割に先回りしました。舟を用意して押し込み連中を待ち受けるといっていました」

「ところで、どうして爺と大門は、合図もしないのに出て来たのだ？」

左衛門は頭を掻いた。

「申し訳ありません。つい心配になりまして。ですが、爺が危うくぶち壊しにしかねませんでしたな。ほんとに申し訳ない」

「ま、だいたい、手筈通りということで、殿には勘弁してもらいましょう」

大門が、ははは と大口を開けて笑った。

八

文史郎は翌日、朝から大門とともに、大瀧道場へ行き、弥生や師範代、大門を相手に、みっちり稽古を行ない、汗をかいた。

黒装束たちと立ち合い、柳生の必殺三方陣と対戦したとき、内心、ひやりとしたからだった。

正面の敵が斬り間に飛び込んでくるのを、先《せん》を取って相手に体当たりを仕掛けて凌《しの》いだものの、あれは苦し紛《まぎ》れに出た咄嗟《とっさ》の技だった。

必殺三方陣を破りはしたものの、柳生新陰流の手練《てだれ》の者を相手にしたら、二度は通用しない剣だった。

あの小頭の柳生新陰流は、かなりの手練に違いない。あの小頭が剣を抜いたとき、堂々として、まったく隙がなかった。

そういえば、あの小頭は「真島」と呼ばれていたのを思い出した。

真島か。

それにあの黒頭巾の頭《かしら》。あの頭は、まだ剣を抜いていないが、身に漂わせる剣気や、さりげない身のこなしを見ると、相当の遣い手に相違ない。

真島や黒頭巾の頭を敵に回すのは、容易なことではない、と文史郎は思うのだった。

それだけに、彼ら二人との立ち合いを思うと、どこが悪かったのか、それを試すために、弥生や師範代、大門と袋竹刀《ふくろしない》を交えたのだった。

「文史郎様、今日はどうしたというのです？　いつになく、打ち込みが鋭いと思ったら、今度は隙だらけになって、わざと打ち込ませたり、どうしたのですか？」

面《めん》を取った弥生が白い歯を見せて笑いかけた。

「まるで血刀《ちがたな》を下げて歩いている亡霊のように、目をぎらぎらさせておられる。今日はまったく変ですよ。いつもの余裕がありません」

文史郎は、はっと我に返った。

「ほう、そうだったか。それがしとしたことが。そんな余裕がないようでは、いかんな。いかん」

文史郎はやはり、人を斬ったことが心に影響を及ぼしていると感じた。

人を斬るのは久しぶりのことだった。できれば味わいたくない感覚だった。昨夜も、人を斬る悪夢を見ていた。

「何かあったのですね」

「うむ。だが、おぬしに何度となく袋竹刀で厳しく打たれ、嫌な思いをふっ切ることができた。礼をいう」

「まあ、それで、わざと隙を作り、それがしに打たせたのですね。どうも、おかしいと思いました」

弥生は屈託のない笑みを浮かべた。文史郎はそれを見ているだけで、心が洗われる思いだった。

「殿、やっと終わりましたか」

大門が手拭いで首筋の汗を拭いながらやって来た。

「弥生殿も、よく殿にお付き合いなさいましたな。かれこれ、一刻は打ち合っていましたぞ」

「はい。なかなか、文史郎様がおやめにならないので、それがしもついお付き合いしてしまいました。もうくたくた」

弥生は上気した顔でいい、頭に被った手拭いを外し、顔や首筋の汗を拭った。

「殿、さきほどから、玉吉たちが控えの間で待っています」

った。

「おう。そうか」

文史郎は面と胴を片付け、稽古をする門弟たちの間を抜けて、控えの間に入って行った。

「玉吉、音吉、待たせたな」

文史郎は床にどっかりと胡坐をかいて座った。

道場から竹刀を打ち合う音や床を踏む音、気合いが絶え間なく聞こえて来る。

「殿様、やはり、でございました」

玉吉は開口一番、興奮した口調でいった。

「やはり、と申すと?」

「はい。押し込みの連中は、水戸殿の下屋敷に入って行きました。間違いなく水戸のお庭番、水戸柳生の一団です」

「水戸柳生の一団?」

「はい。裏柳生の者たちを集めた党です」

「そうか、米吉の話はほんとうだったのだな」

「その後、人づてに聞きましたところ、水戸藩下屋敷のお庭番への指示や命令は、次席家老池内《いけうち》 薫《かおる》が出しているとのことです」

「次席家老池内薫は藩内では、どういう考えの持ち主だ？　勤王攘夷派か、それとも勤王佐幕派か」

「さあ、そこまでは、あっしらには分かりません」

池内薫がどちらの派で、何者なのか、あとで岡田義之介に尋ねねばなるまい、と文史郎は思った。

「お庭番の長はなんという人物だ？」

「馬廻り組頭の根藤卓馬《こんどうたくま》という上士《じょうし》で、柳生新陰流免許皆伝の手練だそうです」

文史郎は黒頭巾の頭を思い浮べた。

「真島という小頭はいないか？」

「小頭は真島大道《だいどう》。根藤卓馬の右腕と称される剣士で、藩内一、二の剣客だそうです。やはり柳生新陰流免許皆伝」

「そうか。その二人が、水戸柳生の一団を率いて、鉄砲捜しをしているというわけだな」

文史郎は唸った。

「殿、どういう話でござるか」

大門がのっそりとやって来た。文史郎は掻い摘んで玉吉の話をした。

「容易ならぬ相手ですな。裏柳生か、これは大敵だ」

大門は武者震いをした。

文史郎は玉吉の後ろで静かにしている音吉に声をかけた。

「ところで音吉、おぬしの方は、何かおもしろい話が入ったか？」

「あっしの方は、船頭仲間に聞き込みをかけたんでやすが、ある晩、水戸蔵屋敷から二人の侍を乗せたという猪牙舟の船頭がおりやした。それが大事そうに菰の包みを一つずつ抱えていたというんです」

「いつのことだ？」

「それが、殿が依頼を受けた日の翌日か翌々日だというので、ちょっと話が合わないかと思いまして」

大門が興奮した口調でいった。

「殿、先の二挺以外に、また二挺無くなったという話があったではないですか。それではないですか？」

「そうだな。きっとそれだ。で、音吉、その二人の侍をどこまで乗せたというのだ？」

「向島《むこうじま》の船宿だったそうで」

「なんという船宿だった？」

「それは分かりませんが、船宿が並んだ船着き場の一つに着け、侍たちは岸に上がったそうです。そこで迎えに来た侍たちと、どこかの船宿に行ったようだとのことです」

「どの宿かは見てないのだな？」

「へい。分かっているのは、向島の掘割に入ってすぐの一つ目橋を過ぎたあたりの船宿ということです」

「そのあたりの船宿は何軒あるのだ？」

「およそ七、八軒ほどでしょうか」

「聞き込んでみたか？」

「へい。そうしたら妙なんです。宿の女将たちから、あっしは下っ引きと間違われて、また聞きに来たのかいっていわれましてね」

「ほう。なんの話だったのだ？」

「以前、近くの大川端に仏さんが一体流れ着いたそうなんで。その仏さんは土左衛門《どざえもん》ではなく、何者かに一刀のもとに斬り殺されたものだったらしいんで。仏さんは掘割に落ちたか、放り込まれた。それが大川に流れて近くの岸に上がった。その件を岡っ引きたちが調べていて、船宿に聞き込みに来たそうなんです」

文史郎は大門と顔を見合わせた。

「もしや、兄上の配下の細作が殺された事件ではないか?」

「かもしれませんな。音吉、その仏さんの名前は分かるか?」

「聞いていません。済みません」

音吉は頭を下げた。

「うむ、いい。確か殺された細作の名は、小原作兵衛だ。念のため、頭に入れておいてくれ」

「へい」

「南町奉行所の小島殿に訊ねてみよう。それで、音吉、聞き込みで何か分かったか?」

「へい。船宿に出入りするお侍はたくさんいるんですが、たいていは女遊びか、朝が早い釣り客。なかには訳ありの二人連れとかもいるそうですが、そんな女遊びもせず、せいぜいが酒を飲むだけで、ひそひそと話をしている不審な侍たちがいたそうなんです」

「ほう。その船宿の名は?」

「あけぼの屋、それと、かめ屋です」

「どんな侍たちだったと申すのだ？」

「あけぼの屋の方は、五人連れのお武家様で、どこかの藩の侍らしく、そのうちの一人は身形《みなり》や言葉遣いからして藩の偉い方で、ほかの四人がその方の指示に従っていたそうです。五人は夜遅くまでに船宿で落ち合い、翌朝早く舟で旅立たれたそうです」

「ほう、舟で？」

「その舟も調べました。どうやら、あっしら船頭を使わない、どこかの商家か屋敷専用の舟だったらしいのです」

「そうか。では、その武家たちの名前は？」

「それも残念ながら分からないそうです」

「宿帳に名前を書かねばならないはずだが」

「女将によると、目の前で書いてもらったはずだったのだが、あとで見てみると、その日の頁が切り取られていたというのです」

「それは変だな」

「でしょう？　それで、その五人連れは怪しいとなったんです」

「女将の目の前で名前を書いたといったな。女将は覚えておらぬのか？」

「一人は鹿内寿太郎《しかないじゅたろう》だったと。綺麗な達筆だったので、その名前だけは記憶に残っていたそうです。ほかは覚えていないそうでした」

「藩名は？」

「偉いさんが、一言名前だけでよかろう、といったそうです。それで、全員、名だけ宿帳に記した」

「荷物は、どんな物を持っていた？」

「そうそう。それです。中身は分からないが、床の間に二本の菰包みを置いていたというのです」

「それだな」文史郎は大門に顔を向けた。

「おそらく水戸藩の侍は、そいつらに鉄砲を渡したんですな」

文史郎はうなずいた。

大門が訊いた。

「ところで、もう一軒のかめ屋の方の侍たちというのは、どんな連中だったのか？」

「かめ屋の女将によると、侍と女の三人連れだったそうです」

「その三人組の何が不審だったのだ？」

「普通なら江戸へ入って泊まるところといえば日本橋近くの旅籠町の旅籠でしょう。

なのに、その三人連れは船宿に入り、二晩続けて泊まった。出るとき、世話になったな、と少々、おカネをはずみ、出て行ったので余計に覚えているんだそうです」

「どんな三人連れだったのだ？」

「一人は年配のお武家様で、二人は兄妹のようだったそうです」

「親子三人ではないのか？」

「女将も初めそう思ったそうですが、兄妹が年配のお武家を奉《たてまつ》っている様子から、父親ではなく、上司ではなかったかな、と」

「名前は？」

「教えてくれませんでした。女将は、おカネをはずんでもらったのに、恩を仇で返すような真似はしたくないって。それに、あの人たちはいい人だ。何も悪いことには関わっていない、といって聞かないです」

　大門がうなずいた。

「そうだな。悪いことをしそうな連中なら、宿帳に名前を書くようなへまはすまい」

「ですがね、大門の旦那。ちょっと気になることがあるんです」

「何がだ？」

「かめ屋の下足番に金を握らせて訊いたんです。するってえと、その三人連れの二人は、重そうな菰包みをそれぞれ背負っていたというんです」

「ほほう。中身は？」

「そこまでは分からないそうでしたが、下足番が、その菰包みが重そうだったので、親切心から、女の菰包みを船着き場まで運んであげようと手をかけたら、そばにいた年配の侍にひどく叱られたというんです。余計なことをするなって」

「ふうむ」

「女も慌てて菰包みを抱え、船着き場へ運んでいったそうです」

「なるほど。それはおもしろい。で、その三人連れを乗せた舟の船頭は分かっているのか？」

「調べました。あの掘割を縄張りにしている船頭は、そう多くはないんで、何人かあたったら、健助《けんすけ》ってえ船頭が、その三人を乗せたと」

「行き先は？」

「行き先は、神田川を入って間もなく、新《あたら》シ橋を過ぎ、次の和泉《いずみ》橋の船着き場だったそうです」

「和泉橋の船着き場だと？」

「へい。三人はそこで下り、外神田側へ歩き去ったそうでやす」

「玉吉、音吉、よう調べたな。二人とも、ご苦労だった」

文史郎は玉吉と音吉を労《ねぎら》った。

「ありがとうございます」

「おぬしたち二人は、引き続き、あけぼの屋に泊まった男たちの身許と、かめ屋に泊まった三人の名前を調べてほしい」

「へい、分かりやした」「へい」

玉吉と音吉は頭を下げた。

「爺が戻り次第に、おぬしたちに軍資金を渡そう」

大門が訝った。

「そういえば、爺さんがいないですな。どちらへ？」

「爺は昔の旧い友人に会いに行った。夜までには宅に帰るといっておった」

「ほう。珍しい。これですかな？」

大門は笑いながら、小指を立てた。

「といいたいところだが、残念ながら相手は男だ」

「なんだなんだ。たまには、爺さんも女っけたっぷりの浮名《うきな》を流してもいい歳だがな」

「あらあら、何が女っけたっぷりの浮名を流してもいいでございますか」

後ろから弥生がにこやかな笑みを浮かべて、文史郎のそばに座った。

「いや、なんでもない」

「はい、なんでもありませんぞ」

文史郎は大門と顔を見合わせて笑った。

弥生はいつの間にか稽古着からさっぱりした小袖に着替えていた。

玉吉と音吉が知らぬ顔をして、横を向いていた。

「まあ、いいでしょう。ところで、殿、今度のお仕事、いかがになっておりますか？」

「仕事だと？」

「大門様からお聞きしましたよ。鉄砲捜しの相談のこと」

「大門、おぬしは……ったく」

文史郎は大門をじろりと睨んだ。

大門は頭を掻いた。

「いやあ、参った参った。弥生殿に問い詰められて、ついつい……申し訳ありませぬ」

大門は文史郎に頭を下げた。

「文史郎様、大門様を責めないでくださいませ。私が何か仕事のお手伝いをできないものかと、大門様にお訊ねしてしまったのがいけないのですから。申し訳ありません」

弥生が大門を庇い、頭を下げた。

「大門、口が軽すぎるぞ。相談人が受けた依頼の内容を喋ってしまっては、信用をなくすではないか」

「まことに申し訳ありませぬ。弥生殿は、いわば身内みたいなもの。洩らしても大丈夫だろうと思い……」

「大門、まさか、もう一つの方も……」

「いや、洩らしておりません。どうか、ご安心を」

大門は大真面目で頭を振った。

弥生は訝しげに首を傾けた。

「鉄砲捜しのほかに、もう一つ、お仕事を受けていらっしゃるのですか？」

「いや、なんでもない」

「そう。なんでもござらぬ」

大門も慌てて頭を左右に振った。

「そうですか？　ほんとに？」

弥生は黒目がちの大きな瞳で、じっと文史郎を見つめた。

文史郎はこの手の弥生の目に弱い。だが、つい喋りそうになる自分を辛《かろ》うじて抑《おさ》え、我慢した。

「分かりました。一応、信じましょう。でも、私はお聞きしたことを絶対にほかに洩らしませんのでご安心を。どうか、大門様に訊いてしまったことは、お許しくださいませ」

弥生はすがるような目で文史郎を見た。

文史郎は溜め息をついた。

「許すも許さないもない。相手が弥生だからいいが、ほんとうに大門は女子《おなご》に弱いからのう。以後は気を付けてくれよ」

「もちろんでござる。以後、気を付けます」

大門は殊勝な態度でいった。

文史郎は弥生の手前もあり、それ以上、大門を責めなかった。

弥生には、これまでもだいぶ世話になっている。これからも、厄介をかけることがあるかもしれない。そう思うと、大門でなくても、自分も弥生から問い詰められたら、洗いざらい内緒の話もしてしまいかねない。

「文史郎様、ぜひ、私にも鉄砲捜しを手伝わせてください」

「うむ。何か考えておこう。そのときには、よろしく頼むぞ」

文史郎は仕方なくそういい、その場凌ぎをするしかなかった。大門がすまなそうに両手を文史郎に合わせていた。

九

その夜、文史郎が大門と二人だけで、質素な夕餉を終えたころ、あたふたと左衛門が長屋へ帰って来た。

「殿、ただいま帰りました」

「おう、爺、お帰り」

「爺さん、お帰りなさい。おや、珍しい、酒が入っておるようですな」

左衛門は酒食を振る舞われたらしく、顔を真っ赤にしていた。

「殿、これ、お土産でござる。江戸湾名物穴子《あなご》の蒲焼きでござるぞ」

左衛門は手に吊した折り詰めをぶらぶらさせた。

「うまそうな匂いだな」

文史郎は鼻をひくつかせた。

「ほんとだ。穴子のいい匂いだ」

大門も折り詰めに鼻を近付け、くんくんと嗅いでいた。

左衛門は食事が終わった箱膳を見た。

「ああ、残念、もう夕餉はお済みでしたか、間に合わなかったですな」

「まだまだ、それがしの腹は空いておりますぞ」

大門は折り詰めを受け取り、包みを開いた。

たれをたっぷり塗り付けた穴子の蒲焼きが現れた。

「飯、飯」

大門はお櫃を引き寄せた。杓文字《しゃもじ》でお櫃の中にわずかに残ったご飯を掻き集め、自分のどんぶりによそった。ご飯の上に穴子を載せる。

大門はいきなりどんぶりの飯に食らい付いた。穴子を口に入れ、ご飯を頬張りながらいった。

「これは旨い。殿、殿も、いかがでござるか。旨いでござるぞ」

左衛門がお櫃を覗き込んだ。

「大門殿、もうお櫃は空《から》ではないですか。殿には残っておりませぬぞ」

「ははは。爺、余はいい。大門に食わせてやれ。余は、酒のつまみに、ちょっとばかり摘めば、それでいい」

文史郎は笑いながらいった。

「酒、酒。そうそう。酒も土産に頂きましてな」

左衛門は酒瓶をどんと畳の上に置いた。

「下《くだ》り酒の灘《なだ》の生《き》一本ですぞ」

左衛門は手近にあった湯呑み茶椀の中の茶を土間に捨て、文史郎に差し出した。

「まずは殿に」

「下り酒か」

文史郎は湯呑み茶椀に酒を受けた。樽の木の匂いが部屋に漂いはじめた。

「それがしにも一杯」

大門も湯呑み茶椀の茶を土間にあけ、左衛門に差し出した。左衛門が酒瓶を傾け、茶椀になみなみと酒を注いだ。

文史郎は一口酒を含み、大きくうなずいた。

「ううむ。これはいける」

「そうでしょうとも」

左衛門はうれしそうにうなずいた。

文史郎は茶椀酒を味わいながら飲んだ。

「確かに、これは美味ですな。うまい」

大門は口をもごもごさせ、茶椀酒を飲みながら、また箸を動かした。

「爺もやらぬか」

文史郎は左衛門に湯呑み茶椀を差し出した。

「拙者は、だいぶやりまして、もうたくさんでござる」

左衛門は手を左右に振った。文史郎が穴子を突っ突き、酒を飲み干すと、左衛門はまた湯呑み茶椀になみなみと酒を注いだ。

「それで、どうだ？　陸前海原藩について何か分かったことがあったかのう？」

「はい、殿。いろいろ聞き出しましたぞ」

左衛門は赤い顔を綻ばせた。

「まず、誰に会ったかからお話しせねばなりますまい」

「そんなことは、どうでもいいぞ。信頼のできる男の話ならば」

「そうはいきません」

左衛門はじろりと文史郎を睨んだ。

文史郎は左衛門に酒乱の気《け》があるのを思い出した。

ある酒量までなら、左衛門は好々爺だった。

だが、いったん、ある度を越すと、話がくどくどくなる。そればかりか、しつこくなり、声が大きくなる。目が据わったら、くどくどと説教を垂れるようになり、誰かれ構わず、怒鳴り付けるようになる。そうなったら、手がつけられないので、眠らせるしかなくなる。

「順序立てて話さねば、それがし、話ができなくなり申す」

文史郎は覚悟した。

「分かった分かった。で、何者なのだ？」

「お会いした相手は、実は女でござってな」

「な、なんと。旧い知友だと申しておったではないか」

「ですが、男といいましたかな」

左衛門はむっとした顔でいった。大門が脇から口を出した。

「爺さん、隅におけぬな。やはり女子でしたか。それは素晴らしい。殿、それがしがいった通りではないですか。老いらくの恋ですかのう」

大門はげっぷをしながらいった。すでにどんぶりは空になっていた。

「ふむ、大門、そうなんだよ」

左衛門は満更でもなさそうな顔でうなずいた。

「で、相手は何者なのだ?」

「さる商家の美人の後家さんでしてな。その商家の旦那というのが、旧知の仲で、惜しいかな、善人は早死にするとの譬《たと》え通り、先年急に亡くなってしまった。いまは、その後家さんが店を継いだ息子の後見人として、店を切り盛りしているのでござる」

文史郎は話を先に進めようと、さりげなく促した。

「それで、その商家は、陸前海原藩とどういう関係にあるのだ?」

「殿、まあ、そう急かせないでくだされ。その商家は呉服屋でしてな。越後屋さんほどではないが、日本橋に本店を開き、しっかり商売をしておるのです。それというのも、その遣手《やりて》の後家さんが商売上手で、いろんな藩の奥様方に気に入られておるのですな」

「…………」

文史郎は余計な口を挟むのは得策ではない、と黙った。

「陸前海原藩の藩主の奥方をはじめ、江戸屋敷の奥の方々も、その呉服屋のお得意様でしてな」

「爺さん、その呉服屋の後家さんというのは、なんという名前なのだ？」

大門が訊いた。

文史郎は余計なことを、と大門にめくばせした。話が長引くだけだろうに。

「大門殿は、よくぞ、聴いてくれた。後家さんの名前はお種《たね》だ。お種は年増《としま》だが、いまも色気があってな。肌は白くてむっちりしておって、餅肌というのかな、あれは」

「分かった。爺、そのお種さんの話はあとでまたゆっくり聞こう。それでお種さんから、陸前海原藩の内情を聞いたのだな」

「どうも、殿は話を急かせますな。まあ、お種、お種と気やすく呼ばないでくださいな。お種は」

左衛門は目が据わりかけていた。文史郎はまずい、と思った。

大門に目配せし、水を持ってくるようにいった。大門は怪訝な顔をしたが、台所に立ち、湯呑み茶碗に水を酌んで持って来た。

「爺、ま、これを飲め。遠慮するな」

文史郎が差し出した湯呑み茶碗を、左衛門は受け取り、まじまじと見た。

「酒でござるか」

「そうだ。飲め。それから話を聞こう」

左衛門は喉を鳴らして湯呑みの水を飲み干した。

「これは旨い。さすが下り酒でござるな。癖がなく、まるで水の如しでござるな」

左衛門は袖で口元の滴を拭い、にっと笑った。

「そりゃそうだぜ、爺さん、それは……」

大門がいいかけ、文史郎が睨んだので、あとの言葉を飲み込んだ。

「爺、その先を話してくれ」

「陸前海原藩についてでござるな」

「うむ」

「どうやら、陸前海原藩は存亡の危機にあるようですぞ。幕府は陸前海原藩の藩主を北辺の僻地へ転封し、藩領を三分割し、幕府、仙台藩、福島藩で分け合うつもりらしい。そのため、陸前海原藩はてんやわんやの大騒動になろうとしておるのです」

「どうして、そのようなことを、幕府は考えておるのか？」

「陸前海原藩が肥沃な農地と豊かな漁場を持ち、名目六万石だが、実体八万石ということが、幕府の老中の耳に入り、周囲の藩と組んでの陰謀が始まったらしいのです」

「うふうむ」

「それだけではありません。陸前海原藩は、北にあって、藩主は勤王攘夷派と見られている。そのことが、老中たちの逆鱗《げきりん》に触れたらしいのでござる」

文史郎は左衛門の話に思わず唸った。

第三話　追跡

一

江戸船手頭の向井将監から文史郎へ、お話したいことがあるので、ぜひ役屋敷へお越しくださいという連絡があったのは、数日後のことだった。

文史郎は、さっそく大門と左衛門を連れ立って役屋敷へ赴いた。

座敷に通された文史郎たちの前に、ほどなく深刻な顔をした向井将監が現れた。

「さっそくでございますが、ご依頼の件につき調べた結果をご報告させていただきます」

向井は挨拶もほどほどに、本題の話をしはじめた。

「まず廻船問屋富士屋の菱垣廻船高砂丸の積み荷を検分した水主ほかを呼び、厳しく問い詰めましたところ、次のようなことが分かりました。積み荷の鉄砲については荷主は幕府の正式の許可状を所持しており、さらに木箱は下田で検分を受け、再封印されていたので、そのまま木箱の蓋は開けず、鉄砲の挺数を確かめなかったそうです」

「なるほど。では、その時点での抜け荷はなかったわけですな」

「はい。木箱を開けて挺数を確かめておけばよかったのですが」

「そうすると、二挺の鉄砲が盗まれたのは、蔵屋敷へ運ばれて以降になるわけですな」

　文史郎は腕組をして考え込んだ。

　向井は続けた。

「それがしも、そう思っておりました。ですから、下田での抜け荷はなかったと思っておりましたが、念のため、それがしの配下の者を下田へ派遣して調べましたところ、水主の一人から内部告発があり、意外なことが判明いたしました」

「ほう。どのような？」

「下田の与力高梁《たかはし》孫《まご》衛門《えもん》が荷主や船主から多額の賄賂を受け取り、水主たちに抜け荷を見て見ぬ振りをさせていたことが分かったのです」

「やはりそうでござったか」

大門が喜色満面で膝を乗り出した。

「では、水戸藩の鉄砲についても、抜け荷をさせたというわけでござるな」

「遺憾ながら、そのようでござる。与力の高梁は某藩の要路から賄賂を受け取り、鉄砲を入れた木箱の封印を解いて中身を検めたとき、何者かが鉄砲二挺を抜くのを見逃したというのです。荷を抜いたあと、高梁は何食わぬ顔で部下の水主に再度封印させたというのです」

「その某藩というのは、どこでござるか？」

「それが荷主である水戸藩の要路でござった。だから、高梁も水戸藩内で下田で受け渡しせねばならぬ、何か複雑な事情があるのだろう、と目を瞑って見逃したそうなのだ」

文史郎は向井に訊いた。

「では、二挺の鉄砲は、その水戸藩の要路の手に渡ったというのですかな？」

「ところが、告発した水主によると、違うらしいのです。水戸藩の要路は、その鉄砲を、湊に停泊していた別の廻船に渡したそうなのです」

「別の廻船ですと？」

「左様。同じ下田湊には高砂丸以外にも、何艘か下り船が停泊しており、荷物の検分を受けていたのです」

「鉄砲を渡した廻船は？」

「廻船問屋あずま屋の廻船鳳来丸《ほうらいまる》。陸前海原藩の御用船ということでした」

「陸前海原の御用船だと……」

文史郎は左衛門と顔を見合わせた。

またも陸前海原藩が出てくるというのか？

「何か？」

向井将監が怪訝な顔をした。

文史郎は訊いた。

「その御用船鳳来丸は、下田に寄ったあと、江戸へ来ているのでしょう？」

「それがしも気になり、鳳来丸の行き先を調べました。江戸への無断の鉄砲持ち込みは、ご法度ですからな。幸いなことに、その後、鳳来丸は江戸湾には入らず、鹿島灘《かしまなだ》を北上して、陸前海原藩の湊へ向かったことが分かりました。それで、それがしたちはほっとしていたところです」

大門が訊いた。

「そのときにいた水戸藩の要路というのは、誰ですかな？」

「海防掛《かいぼうが》けの葛西某《かさいなにがし》と聞きました」

文史郎が代わって訊ねた。

「なぜ、水戸藩の海防掛けが下田湊くんだりまで出張《でば》っていたのですかな？」

「水戸藩の御用船が、もう一隻下田に入っていて、葛西殿はそれに乗っていたそうです。その御用船も堺から江戸へ帰る途中だったようですが」

「その御用船の名前は？」

「鹿島丸《かしままる》でした」

「葛西が乗った鹿島丸は、同じ堺から来たというのですか」

「そうです。鹿島丸は高砂丸よりも先に発ったので一日早く下田に着き、高砂丸を待っていたようなのです」

文史郎は大門と顔を見合わせた。

「水戸藩海防掛けの葛西と陸前海原藩とは、どういう関係にあるのかな」

向井将監は頭を振った。

「そのあたりは、それがしたちの知るところではありません」

「ほかに何か」

「分かったことは、それくらいです。なお、江戸船手下田与力の高梁は収賄の疑いで罷免しました。この不祥事は、江戸船手にとって、不名誉なことなので、できれば内密にお願いしたいのですが」

向井将監は頭を下げた。

「分かりました。別にいいふらすことでもありませんので、他言しません。ご心配なさらぬように」

「かたじけない」

「礼をいうのは、こちらの方でござる。いろいろ、お調べいただき、ありがとうございった。参考になり申した」

文史郎は向井将監に頭を下げた。大門、左衛門もそれぞれに礼をいった。

二

空はどんよりと曇り、いまにも雨が降りそうだった。

川面を渡る風は冬の風のように肌寒い。

文史郎は厚手の頰被《ほっかむ》り頭巾を被り、襟元に巻いて寒さを凌いだ。

大門も左衛門も舟の上で軀を丸めて小さくしている。

岸辺に並ぶ桜の木々の花はまだ三分咲きだったが、この寒さぶり返しで、満開は先延ばしになりそうだった。

文史郎たちを乗せた猪牙舟は、大川から掘割に入った。掘割に入ると冷えた風も和らぎ、文史郎はほっと安堵した。

代わって雲間から小雨がぱらつき出した。

安兵衛店の近くの船着き場に戻るころには、雨はだんだん本降りになりはじめた。ついていないときは、ついていないものだ。

文史郎は船着き場から岸に上がると、草履を脱いで懐に仕舞い、裸足になって、ぬかるみはじめた道を長屋へと急いだ。

安兵衛店の木戸に駆け込み、ようやくにして棟割り長屋の細小路に飛び込んだ。続いて、大門、左衛門があいついで走り込む。

油障子戸を引き開けた。

土間に居た人影が立ち上がった。佐助だった。

「お帰りなさい。すんません。雨が降り出したんで、勝手に長屋に入り、待たせていただきやした」

「おう。佐助、来ていたのか」

文史郎は頰被り頭巾や濡れた羽織を脱いだ。

大門も濡れた小袖の肩を手拭いで拭った。

「ひどい雨だ。すっかりびしょ濡れになってしもうた」

「もう春だと思い、油断しましたな」

左衛門もぼやきながら羽織を脱ぎ、濡れた月代《さかやき》を手拭いで拭いている。

「足が汚れてしまったな」

文史郎は汚れた裸足を見ながら、懐から草履を取り出し、土間に置いた。

「井戸端へ洗いに行くか」

「この程度なら雑巾で拭けばいいでしょう」

左衛門は台所に這って上がろうとした。

「あっしが足洗い用の水を用意します」

佐助が気を利かせて、左衛門にいった。

「お、済まんな」

「ごめんなすって」

佐助は台所に上がり、雑巾と手桶に水を汲んで運んできた。

「殿、あっしが足を」

佐助はしゃがみ込み、上がり框に座った文史郎の足を桶の水で洗った。雑巾で滴を拭う。

「おう、済まぬな」

大門と左衛門は、濡れ雑巾で足を拭い、居間に上がった。

「少々冷えるな」

「火を熾し、湯でも沸かしましょう」

左衛門は台所へ上がると、七輪に火を熾しはじめた。

文史郎は腰の大刀と小刀を抜き、手拭いで水滴を拭い、折り畳んだ布団の脇に立て掛けた。

「ところで、佐助、話を聞こうか」

文史郎は畳に胡坐をかいた。大門も傍らに腰を下ろし、壁に寄りかかった。

佐助は文史郎の前に正座した。

「予想通りでやした。片桐はあの長屋を引き払い、仲間と思われる男のところに転がり込みました」

「その男というのは？」

「渡り植木職をしている男で、名は梅吉《うめきち》。その裏店には、片桐統次郎同様、つい一月《ひとつき》ほど前に越してきたそうです」

「侍ではないのか？」

「物腰、気の配りから見て、細作《しのび》かと」

「片桐は、その後、どうした？」

「怪我の手当てをしたのでしょう。そのまま長屋に引き籠もったまま、姿を現しません。代わりに梅吉が動いているようです」

「ほう。梅吉が、ほかの仲間と会ったか？」

「それはまだです。さほど日が経っていませんから。それよりも梅吉は親方に連れられ、武家屋敷の庭に出入りしてます。おそらく、庭職をしながら様子見をしているのでしょう」

「どこの屋敷だ？」

「老中安堂将信《あんどうまさのぶ》様の屋敷です」

「刺客たちは、老中安堂将信を狙っているというのか？」

「はい。それから、将軍様御側用人唐沢一誠《おそばようにんからさわいっせい》様を狙っているかと」

佐助は小声でいった。

文史郎は左衛門を呼んだ。

「爺、来てくれ」

「ただいま、参ります。まるで冬に逆戻りしたような寒さですな」

左衛門が炭火が真っ赤になった火鉢を文史郎の前に運んだ。

「おう。あったたかい」

文史郎は炭火に手をかざして暖を取った。

「ほんとだ。生き返った感じがするな」

大門も手をかざし、嬉しそうに笑った。

左衛門が佐助と並んで座った。

「殿、なんでございますか?」

「先日、爺が聞き込んだ陸前海原藩についての話だが、老中安堂将信は出てくるか?」

「はい。もちろんでございます。老中たちの中で安堂将信様が最も陸前海原藩叩きの急先鋒とのことでした」

「側用人の唐沢一誠は?」

「その老中安堂将信様の意見を将軍様に吹き込んでいるのが御側用人唐沢一誠といってました」

「ほかに、幕閣かその周辺の人間で、陸前海原藩から恨まれている者は誰がいる？」

「もう一人います。陸前海原藩に厳しい態度でいるのが、留守居年寄衆の工藤宗晴《くどうむねはる》。工藤は、唐沢一誠様から追い落とされた寺島陣内《てらしまじんない》の後釜となって留守居年寄衆になった人物で、唐沢一誠の子飼いと称されている。こういってはなんですが、いま幕府は唐沢一誠様が実権を握っているといっていいでしょう」

「そうか、佐助？」

「はい。左衛門様のおっしゃる通りかと」

佐助はうなずいた。

左衛門は続けた。

「陸前海原藩の藩主中河主馬《なかがわかずま》様は、一時の過激な尊皇攘夷論を唱えるのを控え、いまは幕府に恭順の姿勢を取っているそうです」

「なぜ、一時の過激な姿勢をやめたのだ？」

「御三家の水戸藩斉昭様でさえ、幕府から睨まれ、やや尊皇攘夷論を唱えるのを控えたではありませんか。中河主馬様は外様《とざま》ということもあり、勇み足と思ったのではないですかな」

「では、佐助、刺客たちは、その三人、つまり側用人唐沢一誠、老中安堂将信、留守居年寄衆工藤宗晴を狙っているというのか？」

「三人か、あるいは、その中の一人か。そこは分かりませぬが」

佐助はうなずいた。

文史郎は訝った。

「兄上の松平義睦は、なぜ、それがしに、その三人が狙われているとおっしゃらぬのだろう？　佐助」

「小者のあっしなどには、旦那様の心中など、とても推し量れませぬ」

佐助は首を左右に振った。

大門が口を開いた。

「松平義睦様の口振りでは、幕閣の誰それが狙われているか、ということよりも、幕閣の命を狙うようなことを考えること自体が許されない。だから、理由の如何《いかん》を問わず、幕府に反逆するような刺客は直ちに狩り出し、抹殺せよ、といっていたように思いましたな」

左衛門も同意するようにいった。

「そうそう。拙者も大門殿のように感じましたな。刺客が事を起こしてからではまずい。大火になる前に、火が小さいうちに、できれば火種のうちに消しておけと、そう受け取りましたが」

「そうか」

文史郎は、なるほど、と思った。

佐助が壁越しに話が聞こえぬように小声でいった。

「旦那様は刺客たちが事を起こすのが近いと思っています。ですから、刺客と見たら、即刻に始末せよ、とおっしゃられているのだと思います」

文史郎はこれまで疑問に思っていることを口にした。

「それにしても、妙だな、と思うのは、それならそれとして、それがしたちを使わずとも、なぜ幕府のお庭番を使わないのか、だ。公儀のお庭番なら、それがしたちと違い、闇から闇へ、人を葬り去るのを平気で行なう。のう、爺、そう思わないか？」

左衛門は考え考えいった。

「そういわれればそうですが、もし、お庭番を動かすとしたら、それは留守居年寄衆の工藤宗晴様の管轄ですからね、工藤宗晴様にお願いして、お庭番頭に、刺客たちを抹殺するように命じてもらう手続きが必要になる。もしかして、大目付の松平義睦様には、工藤宗晴様にお庭番を動かすようにお願いできない事情がおありなのではないですか？」

「どのような？」

「それは分かりません。だから、信用ができる殿にやむにやまれず、刺客たちの始末を依頼したと思うのです」

大門も訝った。

「爺さんのいうこと、それがしも感じましたな。ひょっとすると、大目付の松平義睦様は、幕閣の中で、唐沢一誠一派と対立しているのかもしれませんな。だから、唐沢一誠派の工藤宗晴に、お庭番を動かすよう依頼できないのでは？」

文史郎は佐助に向いた。

「どう思う、佐助。正直に申してみい」

「殿、佐助は旦那様の手足です。手足が頭のことをいうことはできません。たとえ、事情を知っていても、旦那様のお許しがなければ、話すことはできません。佐助に旦那様のことを尋ねるのだけは、ご勘弁ください。何も申し上げることはできません」

佐助は顔を伏せた。

文史郎は左衛門や大門と顔を見合わせた。

「分かった。佐助、これ以上、おぬしを困らせることはいわぬ。おぬしにも、守るべき分《ぶん》というものがあるだろうからな」

「へい。済みません」

　佐助は頭を下げた。

「話を戻そう。佐助、その植木職の梅吉の居場所だが、どこになる？」

「へい。片桐が住んでいた長屋から、同じ外神田の神田川沿いの道を二丁ほど行った路地の奥です」

「ほかの仲間と連絡を取り合っている様子はまだないか？」

「まだ、ありません。いま引き続き、手の者に見張らせてあります。片桐にせよ、梅吉にせよ、動けばすぐに尾《つ》けさせる手筈になっております。こちらへ来たのは、その報告もありますが、旦那様からの伝言もありまして」

「なんとおっしゃっておられる？」

「三日のうちに判明しているだけの刺客でいいから、直ちに刺客を始末するようにとのことです」

「七人の刺客全員が分からなくても始末せよ、というのか？」

「へい」

「なぜ、そんなに急ぐ？」

「それはあっしには分かりません。そう旦那様からいわれただけでして……」

佐助は首を左右に振った。

「なぜ、三日のうちに始末せねばならないのだ？」

文史郎は腕組をし、考え込んだ。左衛門も大門も浮かぬ顔で外の気配に耳を傾けた。

雨が前より強く屋根を叩いている。本格的に降り出した。

どこかで太鼓を打ち鳴らすような、雷鳴も響いていた。

文史郎は佐助に訊いた。

「佐助、四日後に何があるのだ？　教えてくれ」

「…………」佐助は顔をしかめた。

「おぬしの推測でいい。いったい、何があるというのだ？」

「……四日後に、将軍様が上野寛永寺の境内で花見の会を催されます。もしかすると、旦那様が急ぐのは、それに関係があるのではないか、と」

文史郎は左衛門と顔を見合わせた。

上野寛永寺の境内での桜の花見の会？

文史郎ははたと思い当たった。

将軍様の主催する花見の会には、幕閣のお歴々はもちろん、譜代や親藩の大名をはじめとする諸大名や諸侯、旗本が招かれる。

文史郎も、かつて那須川藩の藩主若月丹波守清胤だったとき、花見の会に招待されて出席した。

上野寛永寺の門前には、幕閣や諸大名を乗せた乗物の行列が居並び、順番待ちをする。そうした大名諸侯の行列を見物しようという野次馬たちも押しかけ、時ならぬ大賑わいになる。

将軍様の警備が最優先されるので、そのほかの幕閣や諸大名の警備は手薄になる。刺客たちが、もし、雑踏に紛れて、幕閣を狙おうとしたら、その機会を見逃すはずがない。

「佐助、いいことを教えてくれた。礼をいう」

「そうですな。きっとそれですな」

左衛門もうなずいた。大門も唸るようにいった。

「おそらく、それですな。でないと、三日のうちにという意味が分からない」

「殿、これはあくまで、あっしのあてずっぽうです。旦那様から聞いたことでもありません。あんまり本気にしないでください。間違ったら申し訳ないし……」

佐助は申し訳なさそうに月代に手をやった。

「分かった。だが、いいところを突いておる」

文史郎は佐助を労《ねぎら》った。

大門が首を捻った。

「しかし、殿、花見の日にですよ。刺客たちが何かやらかすとして、松平義睦様は、どうして、それがしたちに、その恐れがあることを黙っているのですかね。そして、ともかく刺客を始末しろ、とだけいうのは、どういうことですかね」

「うむ。それは、余も気になっておる」

文史郎はうなずいた。

「事前に、何も刺客たちを殺さずとも、彼らの目論《もくろ》みを阻止する方法があるように思うのですがのう」

大門は不満げに鼻を鳴らした。

大門はたとえ刺客であれ、理由なく殺傷することに反対をしているのだ。

文史郎も大門の気持ちが分からないでもなかった。自分も同感だった。

「分かった、大門。余が、もう一度、兄上のところに乗り込み、談判しよう。刺客たちを無闇に始末せずとも、阻止すればいいのではないか、といってみよう」

「殿、爺も賛成ですな。一度、兄上とじっくり腹を割って話し合った方がよさそうですぞ」

左衛門もうなずいた。大門がようやく笑顔になった。

「殿、頼みますよ。阻止するためなら、それがしも全力でやりましょう。斬らずばならぬときは、それがしも伝家の宝刀を抜いて斬りましょう。ですが、斬る以上は、大義名分がほしい」

「分かった。佐助、そういうわけだ。もう、しばらく片桐や梅吉の様子を窺っていてくれ。決行する前には、かならず、全員が集まるはずだ。その機会を逃さぬようにしたい」

「へい。了解しやした」

「兄上の了解を取ったら、すぐに帰る。余が長屋に帰る前に、何か起こりそうだったら、爺に知らせてくれ。爺と大門の二人が駆け付ける」

「分かりやした。では、あっしはそろそろ戻りやす」

佐助は外の気配を窺った。

屋根を打つ雨音は消えていた。佐助は土間に降り、油障子戸を引き開けた。

雨は小降りになっていた。

「雨は上がりそうですぜ。では、あっしはこれで」

佐助は尻端折りし、小路に走り出、姿を消した。

「爺、大門、実は、もう一つ気になることがあるのだ」

文史郎は小降りになった雨を眺めながらいった。

「殿、なんでござるか？」

左衛門が訊いた。

「水戸藩の岡田から依頼された鉄砲捜しと、兄上から頼まれた刺客の始末の件、もしかして、二つは、どこかで繋がっているのではないか、と思うのだが、間違っておるだろうか？」

「その根拠はなんでござるか？」

左衛門が訝った。大門が文史郎の代わりに答えた。

「それは拙者が答えよう。陸前海原藩。殿、違いますかな」

「大門、おぬしも、そう思うか？」

「殿も、そうお考えでしたか？」

大門がにやりと頬髯を崩した。

文史郎は腕組をしながら、うなずいた。

「もし、二挺の鉄砲が陸前海原藩の刺客たちの手に流れたとしたら、そして、刺客たちがその鉄砲を使って暗殺を企てていたら……」

左衛門は大きく膝を叩いた。

「なるほど。殿、二挺の鉄砲捜しの依頼と、松平義睦様の刺客捜しの依頼は、根が同じというわけですな」

「うむ。一つの壺を、それぞれ、別の角度から見ているようなものかもしれん」

文史郎はうなずいた。

大門が付け加えるようにいった。

「松平義睦様が理不尽なほどに刺客の始末を急がすのは、刺客たちが鉄砲で狙撃する恐れを知っているからではござらぬか？」

「ううむ。それも一理あるな」

文史郎は障子戸の外に、人の気配を感じた。

傘にぱらぱらと雨があたる音が聞こえる。

「御免くださいませ」

戸口に蛇の目傘を差した御高祖頭巾の女が顔を覗かせた。

大門が真っ先に頬を崩した。

「おお、都与殿、よくここが分かりましたな」

都与はにこやかにほほ笑み、頭を下げた。

「突然のことですが、相談人様にお願いがありまして」

文史郎は組んでいた腕を解いた。

「男所帯で汚いところだが、入ってくれ」

「少々、お待ちを」

左衛門が慌てて、脱ぎ捨てたままの羽織や着物を片付けようとした。

「赤城左近が、ぜひ、相談人様にお目にかかりたいと……それで、お迎えに上がりました」

「うむ。ちょうどいいところに来た。おぬしたちに、ぜひ、聞きたいことがある」

文史郎は大きくうなずいた。

兄の松平義睦が下城するのは、どうせ、夕刻だろう、兄の屋敷を訪ねるまでには、まだ時間がある、と文史郎は思った。

三

都与に案内された先は、掘割の船着き場に横着けされた一艚の屋根船だった。

「さ、どうぞ」

障子戸が開かれ、文史郎たちは都与に促されて船に乗り移った。すぐに船頭が竿を突き、船を出した。

「お待ちしておりました」

船の中には、赤城左近が座り、文史郎たちを迎えて平伏した。

「さあさ、奥へ」

都与が文史郎や大門、左衛門を舳先に近い場所に置かれた座布団に促した。

屋根船の中は、火鉢がいくつも用意され、ほどよく暖かかった。

文史郎が座布団に座ると、赤城左近がさっそくに顔を上げ、切り出した。

「ご報告したいことが、いくつかあります」

「うむ。何かな？」

「まず、恥ずかしいことながら、蔵屋敷の倉から、新たに二挺の鉄砲が盗まれました」

「やはり、そうか」

「御存知でしたか」

赤城は怪訝な顔をした。

「うむ。詳しい内情は分からぬが、耳に入ってはおる。どういうことだ？」

「先の二挺が紛失したのは、どうやら、蔵屋敷ではなかったようでござった。蔵屋敷に鉄砲が搬入されたときには、すでに二挺は抜かれていたのでござる」

「うむ。だろうな」

「それも御存知でしたか？」

「それがしたちが聞き込んだことでは、高砂丸が下田湊で検分された折、おぬしの藩の要路の手引きで抜かれたということだったが」

「そこまでお調べとは、さすが相談人様ですな。いや、驚きました」

赤城左近は目をしばたたいた。

「その手引きをした我が藩の要路とは、誰のことでございますか？」

「海防掛けの葛西某と申しておったな」

「海防掛けの葛西幹之介《みきのすけ》殿……」

赤城左近は都与と顔を見合わせた。

「葛西幹之介と申すか？」

「はい。海防掛けは葛西幹之介殿でございます。たしか二カ月前、御用船鹿島丸とともに派遣されていた堺から戻って来られた」

「いったい、何者なのだ？」

「斉昭様の信頼が篤い儒学者藤田東湖《ふじたとうこ》先生の弟子でござる」

文史郎も、水戸藩の学者藤田東湖の名前は周知していた。勤王攘夷派の論客だ。

「葛西は勤王攘夷派だな」

「はい。藩切っての勤王攘夷派でござる」

「下田で、その葛西が高砂丸から、密かに鉄砲二挺を抜け荷し、近くに停泊していた陸前海原藩御用の廻船鳳来丸に受け渡したそうだ」

「ううむ。葛西様が……」

赤城は唸り、黙り込んだ。

「いったい、葛西と陸前海原藩とは、どういう関係にあるのだ？」

「……水戸勤王派は、陸前海原藩勤王派と親しい関係にあります。そもそも斉昭様が陸前海原藩の藩主中河主馬様を勤王派として高く買っている事情があります。そうしたこともあり、葛西様は陸前海原藩の要路と親しく付き合っていた」

「陸前海原藩の要路というのは？」

「佐原一心《さはらいっしん》殿だったと思います」

「佐原一心？　何者だ？」

「陸前海原藩の物頭ですが、おそらくお庭番頭でもあるかと」

「なるほど。そういう人物か」

文史郎は左衛門を振り向いた。

「爺、その佐原のこと、おぬしの知り合いから聞いておらぬか?」

「分かりました。今度会ったら聞いておきます」

「爺、すぐにでも聞き出してくれ」

文史郎は笑いながらいった。

左衛門が心を寄せているお種に逢いたいのは、薄々知っていた。こうした機会を作れば、堂々と左衛門はお種に逢いに行ける。

「お戯《たわむ》れ過ぎますぞ」

左衛門は猜疑心を抱いた様子でじろりと文史郎を見た。

文史郎は左衛門を無視して赤城にいった。

「葛西は密かに自藩の最新式鉄砲を二挺、その佐原ら勤王攘夷派に渡したのだろう。しかし、それが何のためなのか知りたい。鉄砲は、ただの贈答品ではない。何か目的がなければ、そんな貴重な鉄砲を他藩のお庭番頭などに渡すはずがない」

「はい。確かに」

「おぬし、葛西にあたってくれぬか」

「……それがしが葛西様にお尋ねするなどできません」

「そうか。難しいか。おぬしができぬようなら余が会おう。その手筈を整えてくれぬか」

「それがしよりも、そういうことなら」

赤城はちらりと都与に目をやった。

都与が膝を前に進めた。

「文史郎様、その役、ぜひ、私にやらせてくださいませ」

「大丈夫か？」

「はい。お任せください」

「では、都与殿、よろしく頼むぞ」

赤城は文史郎に向き直った。

「そういうことですと、先に紛失した鉄砲二挺は、陸前海原藩にあるということでしょうか？」

「いまのところ、そう考えるしかない」

「とりあえず江戸にない、ということで一安心でござる。問題は、倉から消えた新たな鉄砲二挺の行方でござる」

「誰が盗んだのかは分かったのか？」

「はい。当夜の倉番を捕え、厳しく問い詰めたところ、なんと御納戸組組頭の但馬嘉門殿の命令で、倉を開けたとのことでした」

「なに、但馬嘉門殿が鉄砲の盗難にからんでいたというのか？」

文史郎は左衛門と顔を見合わせた。

「はい。但馬殿が配下の者を連れて倉へ現れ、倉を開けるように命じたというのです。倉番は上司である蔵屋敷の内田昌文殿のお許しを得ないと、と拒んだところ、内田殿も諒解しておることだ、といったので、仕方なく倉を開けたそうです」

「なるほど」

「そこで、何を持ち出すのか、立ち合おうとしたところ、但馬殿がしばらく席を外せと命じた。それで、控えの間に部下の番人の中間《ちゅうげん》二人と待っていると、やがて但馬殿の配下の者たち数人が倉の中から菰包みのような物を二差し運び去ったというのです。但馬殿が、今夜のことは一切見なかったことにしろ、といい、その倉番に口止め料の金子《きんす》を手渡し、ほかの番人と分けろといって立ち去ったそうなのです」

「蔵屋敷頭の内田殿は事前に諒解しておったのか？」

「内田殿に問い合わせたところ、確かに事前に但馬殿から倉を開けたいといわれ、まさか鉄砲が持ち出されるとは思わず、了承したとのことでした」

「但馬嘉門を問い質したのか？」

「いえ。まだでござる。それがしのような身分の低い者が、上司である但馬嘉門殿を問い質すことなどできませぬ」

「そのことを岡田義之介殿に報告したのか？」

「はい。報告しました。そうしましたら、あとは自分がやる、おまえは、その事実を相談人に知らせろ、と」

赤城左近は文史郎を見つめた。文史郎は訊いた。

「岡田殿は、これから、どうすると申しておられた？」

「事が事なので、中老の高坂渕衛門殿に相談し善後策を考えたいと申してました。但馬嘉門殿は、いったい、何を始めたというのか、と嘆いておられました」

赤城は頭を振った。

文史郎は赤城に訊いた。

「但馬嘉門は、いったい、どういう人物なのだ？」

「実直で真面目な方です。殿の信頼も篤く、これまでは佐幕派でもなく、反対に勤王攘夷派でもない中立の立場だったはずです。ただ藩のためを考えておられた」

赤城は信じられないという顔で頭を振った。

文史郎はいった。

「鉄砲を欲しがっているのは、いったい、どちらなのだ？」

「勤王攘夷派の過激な主張の者たちです」

「なぜ、彼らは鉄砲を欲しがるのだ？」

「攘夷をやるためだと思いますが」

「それだけかのう？　どうも、それ以外のためにも使おうとしているのではないのかな」

文史郎は赤城の顔を見ながら笑みを浮かべた。赤城は訝った。

「たとえば、どのような目的に？」

「幕府は異国に弱腰だと見て、将軍様や幕府の幕閣を狙うとか」

「……そんな畏れ多いことを、我が藩の者がやるとは思えません」

赤城は身震いして否定した。

「そんなことが起こらぬようにも、相談人のみなさんに、なんとか内密に二挺の鉄砲を見付けて取り戻してほしいのです」

文史郎はいった。

「内密にと申しておるが、鉄砲紛失について、水戸藩のお庭番が嗅ぎ付け、毎夜のように、浪人狩りを行なっているようだが、どういうことだ？」

「危うく、拙者まで拉致されかけた」

大門が髯をしごいた。赤城はうなずいた。

「そのようなことがあったのですか。実は、今日、御呼び立てしたのは、そのこともお知らせしたい、と思いまして……」

「水戸のお庭番は、水戸柳生と呼ばれる裏柳生の一団だそうだが」

「はい。いずれ、お庭番には嗅ぎ付けられるだろうとは思っておりましたが、こんなに早くに気付かれるとは思いもしておりませんでした」

「お庭番の総元締めは、次席家老の池内薫だそうだな。何者なのだ？」

「そこまで御存知でしたか。池内様は代々水戸徳川家に家老として仕えた旧い家柄でして、ごりごりの佐幕派の長老でもある。幕府の支持者も多く、勤王攘夷派である斉昭様も、次席家老の池内様には一目《いちもく》も二目も置かざるを得ない。藩内では藩主に次いで隠然たる力を持つ御仁です」

「その池内殿が、なぜ、お庭番を使って、鉄砲捜しをしておるのだ？」

「おそらく、池内様は、その鉄砲が勤王攘夷派に渡ったことを証明して、藩内の勤王攘夷派を取締り、粛清する口実にしたいのだろう、と思います」

赤城は溜め息混じりにいった。

「そんな折も折に、なぜ、但馬嘉門殿は、鉄砲を倉から盗み出したのか。万一にも鉄砲が勤王攘夷派に手渡され、それをお庭番に知られることになったら、どうするおつもりなのか……」

「お庭番の頭は、馬廻り組頭の根藤卓馬と聞いたが、どんな男だ?」

「……根藤卓馬殿は、池内様の懐刀《ふところがたな》で、勤王佐幕派の指導者でもある御方。それがし、一時、根藤様の下で働いておりましたので、根藤様をよく存じております。冷酷無比で、容赦のない御方です。それがし、物頭の岡田様に引き抜かれていなかったら、きっと根藤様に反抗し、粛清されていたことでしょう」

「根藤は裏柳生ではないか?」

「よく御存知ですね」

「根藤たちと二度立ち合った。小頭の真島大道の構えを見て、柳生、それも裏柳生だな、と分かった」

「そうでございましたか。小頭の真島大道のことも御存知で。驚きましたな」

「真島大道は根藤の右腕と聞いた。真島はどんな男なのだ?」

「真島大道は、根藤様同様、腕は立つし、人を斬るのをなんとも思わぬ男です。冷酷で容赦がないことでは、根藤様を凌ぐかもしれません。それがしとは道場で首席を争った間柄でございます」

「ううむ」

文史郎は腕組をし、考え込んだ。

左衛門もいった。

「殿、容易ならぬ連中ですな」

大門が赤城にいった。

「それはそうと、赤城殿、その根藤たちが、浪人狩りをして拉致した浪人者が下屋敷のどこかに監禁されておるらしいのだが、おぬしたちの力で、釈放できぬかな」

「誰か知り合いでも、おられるのですかな？」

「いや、そうではない、おそらくとばっちりで捕まり、地下牢にでも入れられておるのではないか、と心配しておるのだ。拙者も危うく攫《さら》われそうになったので他人事には思えなくてな」

文史郎もいった。

「そうそう。それがしも、気にしておった。浪人といえども人にかわりはない。大目付の兄上に話して、水戸藩に掛け合おうとしておったところだ」

「分かりました。岡田様に申し上げ、あまり騒ぎが大きくならぬうちに、捕えている者を釈放するよう働きかけていただきましょう」

赤城は文史郎と大門にうなずいた。

四

文史郎たちが赤城たちと別れるころには、雨は上がっていた。

だが、あいかわらず曇天で、吹く風は肌寒かった。

文史郎は左衛門や大門と別れて、一人猪牙舟に乗り換え、神田川を遡り、兄の松平義睦の屋敷へと急いだ。

文史郎が屋敷の書院に通されたとき、まだ松平義睦は下城していなかった。

人気《ひとけ》ない書院の部屋は静かで、思索を巡らすには格好の場であった。壁の薄い長屋では、常時、隣の子供の声や周囲の騒ぐ声が聞こえてくる。それも慣れたいまは、人のざわめきや話し声が聞こえないと寂しくはあるものの、やはりじっくりと物事を考えるには、長屋はあまりふさわしくない。

文史郎は夕闇が迫る庭を眺めながら、久しぶりに誰にも邪魔されず、沈思黙考をすることができた。

そして、考えれば考えるほど、文史郎たちが同じ根っ子の事件を、二つの方向から追っているのを確信した。

あたりがすっかり暗くなり、下男が行灯に火を入れて引き下がったとき、玄関の方で、「旦那様のお帰り」という声が響き渡った。

奥方様や側侍の出迎える声が賑やかに聞こえた。

ほどなく、さっぱりとした小袖に着替えた松平義睦がどかどかと大股で廊下をやって来る気配がした。

「おう、文史郎、来ていたか」

松平義睦はにこやかな笑顔で文史郎にいった。

「突然にどうした?」

松平義睦は、棚からギヤマンの壜を取り出し、書院の机の前にどっかりと座り込んだ。

机にギヤマンのグラスを二つ並べ、壜の中の赤紫色の液体をグラスに均等に注いだ。

「これはな、異国ではビーノと呼ばれている葡萄酒だ。あまり旨いものではないが、異国趣味のある者には、特別においしい酒らしい。飲みながら話そう」

ギヤマンのグラスに注がれた葡萄酒は赤色に透き通って行灯の明かりが見えた。

義睦はグラスを傾け、匂いを嗅ぎながら飲んだ。それを見て、文史郎もグラスを口に運び、葡萄酒を一口飲んだ。

「で、文史郎、今日はいったい、なんの談判に来たのだ？」

義睦は優しく微笑んだ。文史郎は葡萄酒のまろやかな風味を味わいながらいった。

「今日は、兄上に苦言を呈したいと思い、やって参りました」

「苦言のう。うむ。聞こう」

文史郎は姿勢を正した。

「なぜ、刺客七人の始末を急がせるのか、です。それも、理由も教えてくれずに、見付け次第に斬れ、では、それがしたちは困るのです」

「…………」義睦は黙って葡萄酒を味わうように飲んでいる。

「それがしたちは、殺し屋ではありません。日ごろは市井《しせい》にあって相談人として、困った人の相談に乗り、問題を穏やかに解決しよう、と努《つと》めておる仕事人です。それを兄上は、それがしたちに何も理由をいわずに相手を始末しろとお命じになる。はっきり申し上げて、相手が殺されても当然というような罪状、あるいは、しかるべき重大で差し迫った理由を教えてくださらねば、それがしたちは人を斬りたくはありませんん」

「…………」

「さらにいえば、なぜ、そうも急いで斬らねばならないのか。刺客たちが誰を狙っているのか？　刺客たちの決行が迫っているというなら、彼らは何をしようとしているのか、それを教えていただきたいのです」

「…………」

義睦は無言のまま葡萄酒を飲んでいる。

「それを教えていただけないようでしたら、それがしたちは、たとえ兄上の要請であれ、今回のご命令はお断わりしたいと思います」

文史郎は、いいたいことを全部吐き出したら、胸がすっきりした。

義睦は黙ってギヤマンのグラスを掲げたまま考え込んだ。

「もし、訳を聞いても、納得できなかったら、どうする？」

「おそらく、お断わりします。申し訳ありません」

義睦はグラスの酒を干し上げた。文史郎は罎を取り、義睦の空いたグラスに葡萄酒を注いだ。

「もし、さる人の命を守るためだったら、いかがいたす？　襲ってくる刺客を殺さぬか？」

文史郎は顎をしゃくった。

「護衛？　護衛だというのですか？」

「うむ。護衛だったらどうする？」

「……もし、ほんとうに護衛であれば、話は違って来ます。襲ってくる刺客を防がねばなりますまい。場合によっては斬り伏せてでも守らねばなりますまい」

「そうだろう？　だから、護衛のようなものだと思ってほしい」

「しかし、護衛するといって、誰を護衛することになるのです？」

「それが訳あっていえぬのだ」

「守る相手がいえぬとおっしゃるのですか。なぜですか」

文史郎は訝った。義睦は頭を振った。

「これには、ある一藩の命運がかかっている」

「藩の命運がかかっているというのですか？」

「そうだ。もし、刺客が決行したら、それを口実に、幕府は即刻、その藩を取り潰す手筈になっておるのだ」

「…………」文史郎は黙った。

「これは幕閣の仕掛けた罠だ。刺客が相手を倒す倒さぬは最早《もはや》関係がない。もし、刺客が暗殺行為を実行に移してしまうと、それだけで、幕府は厳しい処罰を断行する。他藩への見せしめに、藩主は切腹を申し付けられ、お家は断絶になる。刺客を容認していた藩の要路は連帯責任を取らされ、藩主同様に、厳しく断罪される。何人もに切腹が申し渡されるのは避けられない」

「…………」

「藩は取り潰され、藩士は全員藩を解雇されて、家禄や扶持を失う。そうなったら、藩士の家族一族郎党は路頭に迷うことになろう」

「…………」

「藩領は分割され、他藩や天領に吸い上げられる。領民や田畑も周辺の他藩や幕府に分け与えられ、藩から認められていた権利はすべて無くなり、これまでと同じ暮らしはできなくなる」

　義睦はじろりと文史郎を見つめた。

「そんな事態になってもいいのか？」

「……しかし、なぜ、そのような厳しい処分が出ると……」

義睦は文史郎の話を遮っていった。

「刺客が鉄砲を使うと分かっているからだ。それも新式の鉄砲を使うとな。入り鉄砲は天下の御法度。それを破る藩には断固とした処分が下りる」

「刺客が鉄砲を使う。……幕府はそこまで知っているのですか」

「幕府の公儀隠密を侮るではないぞ。刺客は公儀に泳がされておるのだ。刺客が新式鉄砲の引き金を引くのを、幕閣のさる者は手ぐすね引いて待ち受けている。刺客が一発でも銃弾を発射すれば、事は刺客の命だけでは済まなくなるのだ」

義睦は文史郎を睨んだ。

「いいか、文史郎。事は、刺客を出した藩だけでは済まなくなるのだ。鉄砲を刺客に渡した藩もまた藩主以下要路たちは厳しく責任を問われることになろう。たとえ、御三家の親藩であれ、鉄砲を流した罪が問われる」

文史郎は、事の重大さがようやく分かってきた。

「兄上、その藩というのは、陸前海原藩のことでござるか？」

義睦は顔をしかめた。

「文史郎、それがしがそれをいうわけにはいかない。幕府の要路として、上から出ている箝口令《かんこうれい》を破るわけにいかぬのだ。幕府は表向き刺客が府内に送り込まれていることを知らないことになっている。それを知っているのは、公儀隠密と、それを動かす立場の幕閣だけだ。だから、それがしが、文史郎、おぬしたちに頼むのも、ごくごく内密にせねばならなかった」

文史郎は訝った。

「では、刺客たちを斬らずとも、それがしたちが刺客たちに罠であることを知らせれば、決行を止めることができるのではありませぬか？　そうすれば、幕府の陰謀を防ぐことができるのでは」

「それでは間に合わぬのだ。事は迫っている」

「兄上、それは将軍家が催す花見の会のことでござろうか？」

「そうだ。文史郎、よく分かったな。公儀隠密は、刺客たちに、その日に決行するように仕向けている」

「やはり。その日までに刺客たちに思い止まらせれば、いいではありませぬか」

「いうのは易い。だが、これまで、佐助たちに調べさせても、刺客はまだ二人しか分からない。送り込まれている刺客は七人とだけは分かっている。しかも、その中に公儀隠密と通じている者がいる。四日後に迫った花見の日までの短い期日に、七人の刺客を割り出し、その中にいる公儀隠密の回し者を割り出して始末するのは至難のこと。

だから、藩を救い、大勢の藩士を路頭に迷わせぬため、刺客は見付け次第に始末する。それによって刺客たちの決行を阻止する。それが手っ取り早い方法と考えてのことだった」

「そういうことだったのですか」

文史郎は腕組をした。

七人の刺客を始末することで、決行を阻止し、幕府の一部幕閣の陰謀を阻み、陸前海原藩を救う。大勢の人間を救うために、七人を犠牲にしても止むなし。それが幕府の一員として大目付の兄上が密かに考え出した苦肉の策だったのか。

それで分かった。

水戸藩お庭番が必死に鉄砲の行方を追い、回収せんとしているのは、密かに幕府の陰謀を知った水戸藩の家老が、陸前海原藩のお取り潰しの余波を避けるために違いない。

鉄砲が水戸藩から盗まれた物となれば、御三家の一つである水戸藩であっても安泰ではいられない。

文史郎たちに鉄砲捜しを依頼して来た岡田義之介たちも、さすがにこうした事情は知らないに違いない。

「兄上、この罠を張った御仁は、幕閣のどなたでござるか？」

「文史郎、それがしが、それをいうことができると思うか」

義睦は苦々《にがにが》しく笑った。

「では、それがしが申し上げましょう。公儀隠密を動かす立場にあるのは、留守居年寄衆工藤宗晴殿。工藤宗晴殿を留守居年寄衆に選んだ側用人の唐沢一誠殿」

「…………」義睦は頭をゆっくりと上下させて、うなずいた。

「それから、唐沢一誠殿と親しい間柄にいる老中の安堂将信殿。その御三方の企てでござろう？」

「それは違うぞ。安堂将信殿は、唐沢一誠殿と真逆の立場におられる」

義睦は声をひそめた。

「しかし、陸前海原藩の者たちは、周辺諸藩と謀り、陸前海原藩の分割を狙っている首謀者は老中の安堂将信殿と見てますぞ」

「それが、公儀の陰謀だと申すのだ」

「違うのでござるか？」

「公儀隠密が、陸前海原藩にそういう噂を流しておるのだ。その結果、どういうことになるのか、わしがいわずとも、分かるであろう？」

義睦はじろりと文史郎を見つめた。文史郎はなるほど、とうなずいた。

「刺客たちは、老中の安堂将信殿を狙う」

「それは唐沢一誠殿には一石二鳥になる」

義睦は大きくうなずいた。

文史郎もそうか、と膝を手で打った。

刺客たちを間違った標的に誘導し、政敵である老中安堂将信殿を抹殺させる。

確かに一石二鳥の陰謀だった。

「兄上、それがしたちに、その陰謀を阻止させてください。刺客たちをなんとか説得し、決行を中止させます」

「……事は、そう簡単ではないぞ。時間もない。公儀隠密も黙ってはおるまい」

「分かっております」

「今回ばかりは、わしも動けない。おぬしに力を貸せないが、それでもいいか？」

「覚悟の上です。しかし、引き続き、佐助たちを使わせていただけましょうか」

「よかろう。わしからも佐助にいっておこう。しかし、どうしても刺客たちが説得に応じないようだったら、いかがいたす？」

文史郎は一瞬迷った。だが、意を決して答えた。

「……斬ります」

「うむ。頼むぞ。この一事は、幕府の命運にも関わるかもしれぬ。おぬしが、その気持ちであれば、おぬしたちの骨はわしが拾う」

義睦は文史郎を睨み付けた。文史郎も義睦を睨み返した。

義睦の瞳に、めらめらと怒りの炎が揺らめくのを文史郎は見逃さなかった。

兄上も、何かを決意したようだ、と文史郎は思った。

五

文史郎が松平義睦の屋敷をあとにしたのは、旗本屋敷の門限である戌《いぬ》の刻（午後八時）を回った時分であった。

そのころには、すっかり雨は上がっていた。だが、あいかわらず空は厚い雲に被われ、あたりは真っ暗だった。

文史郎を乗せた猪牙舟は、暗くて先が見通せぬ掘割をゆっくりと下っていた。

舳先の提灯の明かりが行く手の闇を仄かに照らしている。

前方の闇に、舟提灯の明かりが揺らめいている。両側の岸辺にもところどころ居酒屋の行灯がちらついているが、ほとんど人気《ひとけ》がない。

文史郎は舟の中ほどの板に腰を下ろし、兄者の松平義睦とのやりとりを反芻していた。

刺客たちは見も知らぬ文史郎に会って、陸前海原藩の転封や分割を策している中心人物は老中安堂将信にあらず、側用人唐沢一誠の陰謀だと聞いて、はたして、すぐに信じるであろうか？

その証拠を見せろといわれても、文史郎には何もない。ただ、自分のことを信じてくれというしかない。

それでは刺客たちは容易に信じないのではあるまいか？

向かいから猪牙舟が滑るようにやって来る。

舳先の提灯が揺れた。提灯の家紋は見えない。どこかの武家屋敷へ帰る舟だった。

仄かな明かりに照らされて舟に座った人影が朧に浮かんでいる。

すれ違いざま、いきなり船上の影が動いた。文史郎は反射的に刀を取り、目の前に立てた。闇夜に白刃がきらめいた。

文史郎は刀の柄《つか》で白刃を受けた。

「何やつ」

文史郎は柄で相手の刀を弾き返した。舟がぐらっと傾《かし》いだ。

「船頭！　気をつけろ」

文史郎が叫ぶ間もなく、船頭は櫓を離して蹲《うずくま》った。

相手の舟はいったん通り過ぎ、船頭が竿を川底に突いて、舟を止めようとした。相手の舟の船頭は黒装束だった。

文史郎の乗った舟は惰性で前へ動いている。

相手の舟は艫《とも》を先にして逆航して来る。

「船頭、竿を渡せ」

「へい」

船頭は竿を取り、文史郎に渡した。

文史郎は竿を逆航して来る舟の船頭に向けた。船頭は慌てて竿を離し、腰の脇差しを抜こうとした。

「悪いな」

文史郎は黒装束の船頭の胴を、竿でどんと突いた。

船頭はあっけなく掘割に落ちた。

逆航する舟は惰性で近付いてくる。舟に乗った侍は思わぬ事態に、刀を抜いたままおろおろしていた。

落ちた黒装束は川面で手足をばたつかせていた。

文史郎は竿を寄ってくる舟の上の侍に向けた。

「おぬし、何者だ？」

「…………」

侍は答えず、腰を屈め、刀を振るって、文史郎の竿を払おうとした。

文史郎は竿で舟の船縁をどんと突いた。舟はぐらっと傾いた。侍は慌てて船縁を掴もうとした。

「おぬしも、仲間といっしょに頭を冷やせ」

文史郎は侍の軀に竿を突き入れた。

侍は刀を持ったまま、掘割に背後から落ちた。すぐさま侍も手足をばたつかせはじめた。

「旦那、どうします？」

「放っておけ。自業自得だ」

「へい」船頭は立ち上がり、櫓に手をかけた。

「待て」

文史郎は舟を寄せた河岸の土手の上に目をやった。

土手の上に黒い影が現れ、文史郎に声をかけた。

「殿、大丈夫ですか」

玉吉だった。

「どうした、玉吉。こんなところで」

「ちょうど、お迎えにあがろうとしていたところでした。失礼しやす」

玉吉はとんと舟に飛び移った。大きく揺れる舟の底に玉吉は蹲り、身を潜めた。

水面をばたばたしていた男たちは、ようやく舟にかじりついていた。舟に上がろうとしてもがいている。

文史郎は笑いながら船頭にいった。

「船頭、やってくれ」

「へい」

船頭は櫓を漕ぎはじめた。舟はゆっくりと進みはじめた。

後ろの方でまだ水音が聞こえる。

「いいんですかい？　あいつら、逃がしても。殿様を襲ったんでしょう？」

「どうせ、捕まえて尋問しても、何者か、吐かんだろう」

「そうでやすね」

「ところで、玉吉、どうして、余がこちらにいると分かったのだ？」

「へい。長屋へ行ったら、左衛門様から、殿様は松平義睦様の屋敷へ行ったと聞いたもんで、飛んできたんです。そうしたら、途中、怪しい舟がうろちょろしているんで、少し様子を見ていたら、案の定、殿様を待ち伏せしようとした舟だった。それで、いざとなったらお助けしようとしていたんですが、そんな心配はいらなかったですね」

玉吉はにやりと笑い、下流の暗闇に向かって、フクロウの鳴き真似をした。

下流の闇からもフクロウの声が返り、一艚の猪牙舟が音もなくのっそりと現れた。

「大門様もごいっしょです」

「おう、そうか。それで、何か分かったのだな？」

「へい。ともあれ、乗り移ってください。話はそれからします」

玉吉は横着けになった舟の船縁を押さえた。

「殿、無事でござったか？　さっき大きな水音がしましたので、すわ駆け付けようとしたのですが、玉吉の合図がないので待っていたところです」

大門の影が船縁を押さえている。

「そうか。どぶネズミ二匹を水に落としただけだ。こちらは余も船頭も無事だ」

「お待ちしてました」

船頭の黒い影は音吉だった。

玉吉が前の舟の船頭に手間賃を払い、音吉の漕ぐ舟に乗り移った。

「音吉、じゃあ、舟を出してくれ」

舟は向きを変え、下流に下りはじめた。

「玉吉、で、何が分かった？」

「船宿のあけぼの屋に泊まった五人連れの侍と、かめ屋に泊まった三人組の男女を乗せた舟の船頭たちが分かり、両方とも降りた先が分かったんで」

「そうか。で、五人連れの侍たちは、何者だと分かったのだ？」

「五人連れは側用人唐沢一誠の家中か、あるいは配下の者でした」

「なんだと？　確かか」

「へい、五人を乗せた舟が分かったんです。唐沢屋敷の御用船でした」

「唐沢屋敷の御用船だと？」

「たまたま船頭仲間に、その御用船の船頭を知っている者がいましてね。そいつによると、その早朝、五人を乗せた御用船を見かけたんだそうです。舟は側用人唐沢様の御用船に間違いないと」

「五人を乗せた舟は、どこへ行ったというのだ？」

「その船頭の舟は、たまたま御用船と同じ方角だったそうで、御用船は唐沢邸の船着き場に寄って、侍たちが降りたといってました」

「唐沢邸は、どこにあるのだ？」

「あっしも気になって、念のため、その船頭に案内してもらったんです。掘割をずっと行って内堀に入り、数寄屋橋御門を潜ったすぐ先のお屋敷が唐沢様の拝領屋敷でした」

「そうか。五人連れは唐沢の家中か、あるいは唐沢の息がかかった連中に間違いないな」

「おそらく。ところで、殿様、まだ話があるんです。船宿あけぼの屋に集まったのは、その五人だけではねえんで」

「なに、五人だけではないだと？」

「女中の話ですと、あけぼの屋には、同じ日、別に二人の侍が訪ねて来たそうなんです。その二人が二つの菰包みを運んで来て、五人連れに渡したそうなのです」

　文史郎は大門と顔を見合わせた。

「その二人は、何者なのだ？」

「へい。その二人は女将が知っている侍たちで、水戸藩の藩士だというんです」

「ほんとうか。誰だというのだ？」

「女将は、はじめ言い渋ってなかなか教えてくれなかったんですがね。ちょいと口説《くど》いて、カネを握らせたら教えてくれました」

大門が笑った。

「玉吉、おぬしも、やるのう」

「一人は水戸藩の但馬嘉門という侍だそうで」

文史郎は頭を振った。

「なんと、御納戸組組頭の但馬嘉門が、そんなところに顔を出すのか。で、もう一人は？」

「但馬殿の配下で嶋田《しまだ》という侍です」

「その二人が唐沢の配下に通じているというのか。これは驚いたな」

文史郎は唸った。大門が訝った。

「いったい全体、どうなっておるのですかな？」

「ううむ。分からぬ。……ところで、かめ屋の方の三人組の行方は？」

「こちらは、神田川の筋違御門橋の手前の船着き場で降りたところまでは、分かってましたよね」

筋違御門橋は神田川を跨いでおり、徳川家康を祀った日光東照宮へ向かう日光街道に通じている。街道筋には徳川家の菩提所である上野寛永寺がある。

「三人組はそこで降りてからのち、どこへ行ったのだ？」

「それで、ご案内しようと、お迎えにあがったんです」

玉吉は暗がりの中でにんまりと笑った。

文史郎や玉吉を乗せた舟は、速度を増し、暗闇に覆われた川面に消えて行った。

六

筋違御門橋の手前の船着き場の小さな桟橋に舟は横着けになった。

文史郎と大門は岸に上がった。

「こっちでやす」

玉吉と音吉は、ぶら提灯を手に先に立って歩き出した。

神田川沿いの道筋は、町家がびっしりと軒を接して並んでいる。一歩路地に入れば、武家屋敷や寺社地の築地塀が連なっている。

夜の五ツ半（午後九時）過ぎということもあり、町は寝静まっていた。通行人の提灯も一つあるかないかだった。

明かりが点《つ》いているのは、御門の前にある番所の通り行灯と、一、二軒の居酒屋の行灯ぐらいなものだった。

どこかで犬が激しく吠えた。それに呼応するかのように、あちらこちらで犬が鳴き交わしている。

玉吉は一軒の居酒屋の前で足を止めた。

「この近くなんですがね、いま、音吉に張り番をしている者を呼んで来させますんで。いっしょに、この店でちょっと待っててくださいな。じゃ、音吉、頼むぞ」

「へい、兄貴」

音吉は尻っぱしょいをして、暗がりの中に姿を消した。

「御免よ」

玉吉は居酒屋の引き戸を開けて店内に入った。

「もう店仕舞いだよ」

店の主人の濁声《だみごえ》が聞こえた。店内はがらんとして客の姿もなく、婆さんが飯台の上のチロリやぐい飲みを集めて片付けている。

「俺だよ、玉吉だ。すまねえ、一杯だけ。お武家様を連れているんだから、よろしく頼むよ」

「なんだ、玉さんかい。いいよ。だけど、残っているのは芋の煮っころがしぐらいだ」

「それで十分だぜ。おやじ、すまねえな、いつも」

玉吉は飯台の一つに文史郎と大門を促した。

「殿様、こちらへ」

「うむ」

文史郎は空き樽の椅子に腰を下ろした。

婆さんが盆に載せて、チロリとぐい飲みを運んできた。

「いつも御贔屓《ごひいき》にありがとうございやす」

台所から出てきた主人は、文史郎たちに腰を屈めて挨拶すると、引き戸を開け、暖簾を取り込みはじめた。

「店仕舞いするところではなかったのか？」

「いいんですよ。爺さん、婆さんは、朝寝もできるんですから。でえいち、客がいなければ、安心して話ができるってえ寸法でさあ」

玉吉は入り口近くに座った。

「おう、酒、酒。今日、初めての酒だ」

大門は嬉々として、ぐい飲みを三つ並べ、チロリの酒を均等に注いだ。

文史郎は玉吉に訊いた。

「ところで、どういうことになっているんだ？」

「前に話しましたね、三人組を乗せた舟の船頭の健助。その健助が三人組捜しに手を貸してくれやしてね。連日、この界隈を歩き回ったんです。そうしたら、三人組の一人の娘が市場に買物をしているのを見かけたんです。それで、尾行したら、住んでいる長屋が分かったんです」

大門がぐい飲みを口に運びながらいった。

「ところで、殿、その三人組、怪しい菰包みは持っていたにせよ、鉄砲だったかどうか分からないではないですか。五人組の方は、水戸藩の但馬嘉門と繋がりがあると分かっているし、但馬から怪しい菰包み二個も手渡されている。鉄砲は唐沢に渡されたと見ていいが、こっちの三人組は、水戸藩との繋がりが見えない。だから、鉄砲とは無関係なのではないですかのう？」

「そうだな。こちらは関係ないかもしれないな」

玉吉がぐい飲みの酒を一気に干し上げて一息ついた。

「それが、殿様、かめ屋の女将も何度か通《かよ》って口説いたら、ようやく宿帳を見せてくれたんですよ」

「なに、おぬし、また女将を口説いたのか」

大門が目を剝いた。文史郎がにやにやしながらいった。

「まあ、いいではないか。で、三人組は宿帳になんと書いてあったのだ？」

「一番年上の上司らしいお侍は、佐原一心《さはらいっしん》。そして、若い男女は兄妹で、緒川達之介《おがわたつのすけ》、真弓《まゆみ》とありました。いずれも、素浪人で流浪の身としていた」

「そもそもは、どこの出身だった？」

「三人とも陸前海原とありました」

「陸前海原藩ではないか」

「確かに怪しいな」

文史郎は大門と顔を見合わせた。

玉吉がにっと笑いながらいった。

「それで、これはおもしろい、と思って、さらに調べたってわけです」

「何か新しいことが分かったのか」

玉吉はうなずいた。

「こちらに、三人の長屋を用意していた元中間らしい男がいたのです。そいつは渡りの庭職の男でしてね」

「う？　渡りの庭職だと？　名前は？」

「梅吉という名です」

「なにい、梅吉だと」

文史郎は思わず、口に運んでいたぐい飲みを止めた。

「殿、佐助たちが見張っている、あの梅吉と同一人物ではないですか？」

大門も驚きの声を上げた。

「おう、そうだ。佐助が探り出した渡り庭職も梅吉だ。玉吉、でかした。その三人組は七人の刺客の片割れだ」

文史郎は、佐助を遣って泳がしている片桐統次郎と梅吉の話を聞かせた。

玉吉は目を輝かせて文史郎の話に耳を傾けていた。

「じゃあ、どっかで、佐助さんたちは、あっしらの動きに気付いているわけですね」

「うむ、そのはずだ」

店の外に人の気配があった。

「御免なすって。兄貴、まだいますか」

引き戸が開き、音吉が顔を出した。

「おう、音吉、親分さんたちはいなすったかい」

「へい。さ、親分さん、どうぞ、殿様がお待ちでやす」

「へい。御免なさいな」

店の行灯の暗い明かりの中に、のっそりと忠助親分の丸顔が現れた。あとから下っ引きの末松も顔を覗かせた。

「お、どうして、忠助親分が」

文史郎は驚いた。大門もきょとんとしている。

「どうもこうもねえですよ、お殿様」

「親分さん、どうぞ、こちらへお座りなすって。親爺、悪いが酒、もう三本ばかり頼む。それとぐい飲みを三つ、持ってきてくれ」

玉吉は店の主人にいった。

「あいよ」

主人も閉めるのをあきらめたのか、間延びした声で答えた。

「殿様、聞いてくださいな」

忠助親分は飯台の向かい側に座った。

「あっしら、大川端に上がった斬殺死体の下手人捜しのため、船宿に聞き込みをかけていたんでやす。そうしたら、なんと玉吉さんや音吉さんたちとばったり出会ったんでさあ」

「そうなんです。鉄砲捜しと刺客捜しは、どうやら同じ根っこらしい。それなら、互いに協力し合い、それぞれ手分けしてやりましょうやとなったんです」

玉吉がうなずいた。忠助親分はいった。

「それで、今回は、あっしら、得意の張り込みを手伝っていたところです」

「それは助かる。忠助親分、末松、済まないな。それがしからも礼をいう」

「とんでもない。礼をいうのは、あっしの方でさあ。なあ、末松」

「へい。そうでやす。駄賃まで頂いて」

末松がうれしそうに笑った。

玉吉が文史郎にいった。

「さっきの話の続きですがね。三人組は梅吉の手配で、佐原は佐平治《さへいじ》裏店に、緒川兄妹は近くの庄兵衛《しょうべえ》裏店に入りました。佐原が入った長屋には、先に仲間らしい浪人者が住んでいて、そこに転がり込んだ形になっています」

「その仲間らしい浪人者というのは？」

「同じ佐平治長屋の住人に聞き込んだところ、一カ月前ほどに入居した脱藩浪人で、名前は宝井進吾《たからいしんご》。歳の頃は、二十七、八歳ほど」

「おそらく、陸前海原藩を脱藩した浪人だな」

大門が顎髯をいじりながらいった。

文史郎が玉吉に訊いた。

「庄兵衛裏店の緒川兄妹の様子は？」

忠助親分が玉吉に替わって答えた。

「こっちは、あっしたちが見張っているんですが、いまのところ何も動きはありませんね」

「例の鉄砲の菰包みだが、いまはどこにある？」

玉吉は頭を振った。

「どちらの長屋に持ち込まれたのか、まだ確かめておりません。もしかすると、梅吉は庄兵衛裏店から一丁ほど離れた裏店に住んでおり、そこに運び込んでいるかもしれません」

「佐助の話では、梅吉の長屋に、片桐統次郎がいるはずだ」

　玉吉が苦笑しながらいった。

「そうですかい。佐助さんたちが追っていた相手と、あっしらが追っていた相手が合流したってわけですかい」

「そうだ」

　文史郎はうなずいた。

　忠助親分が真顔でいった。

「ところで、殿様、ご報告しておかねばならんことがありまして」

「なんだ？」

「例の米吉っていう渡り中間のこと、お話ししましたよね」

「うむ。覚えておる。確か水戸藩上屋敷の中間をしている男だったな」

「最近、あいついでいる押し込み強盗は水戸藩のお庭番だといったやつですが、その米吉から、新しい話が入ったんです」

「ほう？　なんだというのだ？」

「お庭番たちに拉致された二人の浪人のうち、一人は陸前海原藩の元藩士だったといったでしょう？」

「脱藩した山門某といった浪人か？」

「その山門某は拷問で責められたが、何も喋らず、とうとう最後に自ら舌を噛み切って死んだそうです」

「なんてことだ……」

文史郎は腹立たしげに、ぐい飲みの酒をあおった。

婆さんがチロリの酒とぐい飲みを運んできた。玉吉がぐい飲みを忠助親分と末松の前に置き、チロリを傾けた。

「その米吉によれば、山門某は陸前海原藩から放たれた刺客の一人だったらしい、というんです」

「どうして、山門が刺客だと？」

「お庭番たちは、山門の長屋から手紙を押収したそうなのです。手紙には、間もなく仲間が江戸に入るとあり、至急に連絡を取るようにとあったそうです」

「そうか。では、やはり刺客だったのか」

大門が口を開いた。

「それで、その仲間というのは？」

「米吉も、それ以上は聞いていないそうです。なにしろ、相手がお庭番なので、なかなか話が洩れて来ない。カネもかかるし、聞くのも命懸けらしい」

忠助親分はぐい飲みの酒をあおるように飲み干した。末松も酒を飲み出した。

「もう一人、拉致されていた浪人者がいたな」

「へい。長州藩の脱藩者宮本某ですが、こちらは結局嫌疑なし、ということで釈放されたようです」

「そうか。それはよかった」

玉吉が忠助親分に替わっていった。

「あっしの方も、ご報告が」

「何かな？」

「水戸藩蔵屋敷にいた伸助についてです」

「ああ、盗まれた二挺について、蔵屋敷のある上役が関係しているといっていた中間だな。それを誰か、対立する上役に高く売るという話だったが、その後、どうした？」

「その伸助が数人の男たちに襲われ、長屋から拉致されました」

「また水戸のお庭番の仕業か？」

文史郎が訝った。玉吉が頭を左右に振った。

「いえ。そうじゃねえみたいです。どうやら、今度は公儀の筋ではないかと」

「ほう、なぜかな？」

「騒ぎだした長屋の住人に、そいつらは公儀の御用だといっていたのです。だから、ただの拉致ではない、と」

「今度は公儀が動いたというのか」

文史郎は腕組をし、首を傾げた。

いったい、何が起こっているというのだ？

大門がいった。

「ところで、殿、これで刺客は自害した山門を含め、七人全員が揃いましたな」

佐原一心、片桐統次郎、梅吉、緒川達之介真弓兄妹、宝井進吾、そして、山門某。

文史郎は兄の松平義睦の話を思い出した。

「この残り六人の中に、公儀隠密と通じている者がいる。はたして誰なのか」

「いったい、どういうことなんで」

玉吉たちが訝った。

「そうか。おぬしたちに話しておこう。今後のこともある」

文史郎は松平義睦から聞いた話をみんなに話して聞かせた。

大門は文史郎の話を聞きながら唸った。

「公儀は、なんとしても刺客たちに事を決行させ、陸前海原藩を取り潰そうというのですな」

「そうだ。さて、どうしたものか」

文史郎は腕組をした。

どうやったら、刺客たちに止めるよう説得できるのか？

彼らに鉄砲を使わせぬようにするには、どうしたらいいものか？

加えて、唐沢邸に持ち込まれた鉄砲も、気になってならなかった。

なぜ、五人組はわざわざ水戸藩から鉄砲を受け取り、唐沢邸に持ち帰ったというのか？

突然に、大門がいった。

「殿、分かりましたぞ。公儀の陰謀が」

「ほう、どういうことだ？」

「もし、刺客たちが鉄砲を射つのをやめても、公儀は確保してある鉄砲二挺を使い、刺客たちが暗殺を決行したかのように見せ掛けることができるのではないか、と。そうすれば、それを口実に、刺客たちを捕縛し、あたかも陸前海原藩の仕業であるかのようにして、陸前海原藩のお取り潰しを行なうのではないか、と思うのですが」

「そうか。それだ。大門、いいことを思いついてくれた」

文史郎は思わず唸り声を上げ膝を叩いた。

第四話　始末

一

御高祖頭巾を被った都与が長屋に文史郎を訪ねてきたのは、ちょうど昼のころだった。

水戸藩海防掛けの葛西幹之介が、都与の斡旋により、文史郎に会ってもいいといって来たのだった。

生憎《あいにく》、左衛門も大門も出払っていた。

文史郎は隣のお福に所用ができたので外出する、心配無用と言い置き、都与と連れ立って外に出た。

文史郎は歩きながら、都与に訊いた。

「都与、おぬし、葛西幹之介とは、いかなる間柄なのだ？」

「……と申しますと？」

　都与は文史郎に流し目を送った。

　文史郎は急いで頭を振った。

「いや、変な意味ではないぞ。赤城左近が、葛西殿にあたるのは難しいと断って来たのに、おぬしは自分にやらせてほしい、と自ら進んでいった。なぜかな、と思ってな」

「はい。葛西様は遠い親戚になります。私の父の従兄弟《いとこ》なのです。私が子供のころ、よく葛西様の屋敷に遊びに行っていたことがあるのです」

「左様か。ちなみに、おぬしのお父上は、葛西殿とは、いかな関係にあるのかな」

「私の父は根っからの佐幕派で、勤王攘夷派の葛西様とは意見が合いません。ですが、父と葛西様は藩校の道場で互いに稽古に励み、切磋琢磨《せっさたくま》した間柄です。友には変わりなく、仲が悪いわけではありません」

「剣の流派は？」

「神道無念流《しんとうむねんりゅう》にございます」

「おぬしも、か？」

「はい。女だてらにと思われそうですが、神道無念流を少々。お殿様は、どちらの流派にございますか？」

「もう殿ではない。文史郎と呼んでくれぬか」

都与は白い歯を見せて笑った。

「はい。では、文史郎様は？」

「心形刀流を少々」

「さようにございますか」

都与は笑みを浮かべた。

「待て」

文史郎は足を止めた。背筋に誰かの視線があたったように感じた。誰かに尾行されている。文史郎はそっと振り向いた。視線は消えていた。

稲荷の社が見えたが、人影はない。

都与も一瞬、あたりを窺うように見たが、すぐに文史郎を振り向いた。

「何か？」

「いや、気のせいだろう」

「では、参りましょう」

都与は文史郎を近くの掘割に案内した。船着き場に、いつもの屋根船が繋留されていた。

「こちらでお待ちでございます」

文史郎は都与に促され、船に乗り込んだ。

障子戸を開けると、初老の侍が一人待っていた。


屋根船が動く気配がした。船頭が艫の方でゆっくりと櫓を漕いでいる。障子戸越しに、舳先にしゃがみ込んだ護衛の供侍の人影が見える。

挨拶ののち、文史郎はゆっくりと葛西幹之介に向き合った。

御高祖頭巾を解いた都与は、甲斐甲斐しくお茶を点《た》て、文史郎と葛西の前に、茶托に載せた茶碗を差し出した。

「粗茶にございますが……」

「かたじけない」

文史郎は都与に礼をいい、作法通りに茶を味わった。茶椀を茶托に戻してから、おもむろに口を開いた。

「葛西殿、率直にお尋ねいたす。おぬしは下田湊において、新式の鉄砲エンフィールド銃二挺を、自藩御用達の廻船高砂丸の積み荷から密かに抜き取り、陸前海原藩の者に横流しなさった……ですな」

「なぜ、そのようなことを……」

葛西はむっとした顔で文史郎を睨んだ。

「それがしに答えねばならぬのか、とおいいかな」

「………」葛西は黙って茶を啜った。

傍らに正座した都与がじっと葛西を見つめていた。

「……何か証拠でもおありか？」

「江戸船手下田与力の高梁が、すべてを白状いたしました」

「さようでござったか」

葛西は隣の都与にちらりと目をやり、溜め息をついた。茶椀を茶托に戻した。

「拙者、相談人は誰に与《くみ》する者でもない。おぬしから聞いたことを誰かに伝え、おぬしを不利な立場に追いやるようなこともするつもりはない。正直にお答え願いたい」

「しかし、相談人殿は、それを聞かれて、どうなさるおつもりか？」

「貴藩を助け、陸前海原藩を救いたい」

「我が藩を助けて、陸前海原藩を救いたいですと？」

葛西は信じられないという面持ちで文史郎を睨んだ。

「いま陸前海原藩が存亡の危機にあることは、おぬしも存じておるな。それゆえ、新式鉄砲を抜いて、陸前海原藩に渡した。そうでござろう？」

「………」葛西は黙っていた。

「おぬしが、同じ勤王攘夷派の陸前海原藩の同志を助けようとしたことが、逆に陸前海原藩を窮地に陥れていることも存じておるのだろうな」

「それがしがやったことが、陸前海原藩を窮地に？　そんな馬鹿な」

葛西は疑い深そうな目で文史郎を見た。

文史郎は静かな口調でいった。

「おぬしだけに責任があるのではない。いま幕府を牛耳《ぎゅうじ》っている将軍様側用人唐沢一誠と、子飼いの留守居年寄衆工藤宗晴の陰謀だ。彼らの指示の下、公儀隠密が陸前海原藩を挑発して、藩士たちに老中安堂将信様を鉄砲で暗殺するように仕向けている。刺客たちが鉄砲を一発でも射てば、幕府は刺客たちを一網打尽にし、彼ら刺客を放ったとして、陸前海原藩のお取り潰しを謀っておる」

「まさか、そのようなことを……」葛西は顔色を変えた。

「そればかりではないぞ。陸前海原藩に密かに鉄砲を渡したとして、幕府は水戸藩の責任を問い、軽くても藩主を閉門蟄居《ちっきょ》、重ければ隠居を命じられるだろう。その上、藩内の勤王攘夷派の一掃を命じることになろう」

「…………」葛西は半信半疑の面持ちだった。

「いいか。よく聞くがいい」

文史郎は、これまでの経緯と、これから何が起こるかを縷々《るる》話して聞かせた。

話し終わると、葛西は両膝に置いた手で袴をきつく握って怒りを堪えていた。

「それがしが、善かれと思ってしたことが、陸前海原藩だけでなく、水戸藩にまで災いをおよぼすとは……」

文史郎は頃合を見計らっていった。

「こうしておぬしに会ったのは、まだ公儀の陰謀を止めることができそうだったからだ。どうだ、協力してくれぬか」

「どのような協力でござるか」

「おぬしは高砂丸から抜いた二挺の鉄砲を、いったい、陸前海原藩の誰に渡したのか？」

「……物頭の佐原一心でござる」

「佐原の要請で、そうなさったのかな？」

「いえ。そもそもは陸前海原藩のご家老宝井忠良《ただよし》様から要請があったのでござる。水戸藩が異国から密かに購入した最新式のエンフィールド銃二挺を分けてくれまいか、と」

「なぜ、他藩の家老の要請を、おぬしは引き受けねばならぬのだ？」

「それがしが一存にて、引き受けたのではありませぬ」

「ほう。では、誰の命令があってのことか？」

「我が藩の勤王攘夷派と陸前海原藩の勤王攘夷派は、密かに同盟を結んでおります。幕府が勤王派になり、攘夷を決意して異国との決戦になったら、我が藩は陸前海原藩とともに、戦うという血盟です。家老の宝井忠良殿は、陸前海原藩の勤王攘夷派の頭領でござる。その要請を受けた我が藩の筆頭家老　橘《たちばなう》右兵衛《へえ》が、密かに、それがしに鉄砲を勤王佐幕派に気付かれぬように手配せよ、と命じたのでござる」

「藩内の勤王佐幕派というのは？」

「次席家老の池内薫殿を中心とした藩士たちでござる。池内殿は、水戸藩お庭番を配下にしており、我ら勤王攘夷派とは犬猿の仲になっております」

「それで池内派に気付かれぬように内緒で鉄砲を抜いたというわけだな」

「はい」

「なぜ、二挺だったのだ？　三挺でも四挺でもよかろうに。何か特別の理由があってのことか？」

「佐原一心殿によれば、陸前海原藩には、高島秋帆門下の優秀な射手が二人おるそうで、まずはその二人に新式鉄砲を習熟させ、鉄砲組の指導をさせるという意向でござった。ですから、鉄砲は陸前海原藩内に秘匿され、よもや江戸に運ばれることはないだろう、と思っておりました」

「優秀な射手二人について、佐原一心から、どのようなことを聞いておる？」

「陸前海原藩主中河主馬様が、特に目をかけていた蘭学者の兄妹だということです。二人は高島秋帆に弟子入りし、西洋式砲術を学び、高島秋帆も認める優秀な射手になったとのことでした」

「兄妹だと？　してその名前は？」

「緒川達之介、真弓と申してましたな」

文史郎は内心、あっと驚いた。

あの刺客たちの中にいる緒川兄妹だ。

「その佐原一心を頭にして、七人が脱藩し、江戸へ入った。そのことは存じておるか？」

葛西は一瞬首を傾げた。

「七人？　……はい。佐原殿から聞きました」

「佐原から聞いたと申すのか？　では、いまからでも遅くはない。彼らを止めれば、まだ間に合う。彼らのことで知っていることを話してくれ」

「分かりました。それがしが、佐原から聞いていることならお話しできましょう」

「まず、七人の名だ。我々が把握した名は、頭の佐原、片桐統次郎、緒川達之介、真弓、梅吉、山門某、宝井進吾、以上七人。これでいいのか？」

「だいたい間違いないでしょう」

「頭の佐原だが、腕は立つのか？」

「もちろんです。それがしと同じ神道無念流免許皆伝の腕前。さらに柳生新陰流の免許皆伝とも聞いていました」

「なに、柳生新陰流も習得しているというのか？」

「はい。それゆえ、藩主中河主馬様も佐原殿の腕に惚れ込み、素浪人だった佐原殿を召し抱えるだけでなく、物頭にまで抜擢したといわれております。それだけ、佐原殿も藩主中河主馬様には恩義を感じ、忠義を励んでいると聞いていました」

「なるほど。では、片桐統次郎は？」

「中也派一刀流の遣い手。藩道場の元師範代です」

　確かに、と文史郎は思った。

「梅吉という中間《ちゅうげん》は?」

「佐原殿はお庭番の頭も務めているのですが、梅吉は腹心の細作と聞いています」

「山門某という侍は?」

「山門についてはよく存じません。その山門はどういう人物ですか」

「知らない?　その山門は死んだ」

「え、まさか」

「おぬしの藩のお庭番たちに捕まって拷問をかけられたが、結局、自害して果てた」

「そうでしたか。可哀相に」

　葛西は嘆いた。

「宝井進吾という若侍がいるが、何者?」

「確か御家老の宝井忠良殿の息子ではなかったか、と。宝井進吾も、片桐と同じく中也派一刀流の遣い手のはず」

　文史郎は葛西に向き直った。

「実は、その七人の中に公儀の回し者がいるというのだ」

「まさか」

「刺客たちは公儀に泳がされているともな。だから、厄介なのだ。公儀の回し者は、暗殺計画をなんとしても実行させようとしている」

葛西が目を剝いた。

「信じられませんな」

「信じるも信じないもないぞ。花見の日も三日後に迫っている。あまり時間がない。なんとしても、彼らを止めねばならない。大勢の命や生活がかかっている。おぬし、力を貸してくれぬか」

「分かりました。何をしろ、とおっしゃるのでござるか?」

葛西は膝を乗り出した。

「うむ。都与、おぬしにもやってほしいことがある。事の次第は聞いておったろうな」

「はい。しかと」

「では、葛西殿と都与殿は、直ちに岡田義之介殿に、それがしの話を注進してくれ。そして、中老の高坂渕衛門を飛び越し、筆頭家老の橘右兵衛様に直訴する」

「なぜ、高坂殿を飛び越して直訴するのです?」

「倉にあった鉄砲を、納戸組組頭の但馬嘉門の一存で抜くことなどできるはずがない。中老高坂の指示があってのことだろう。その証拠に、岡田義之介殿が中老の高坂渕衛門に倉から無くなった鉄砲について、但馬嘉門の仕業だと報告しても、もみ消しに動くだけで、なんら対処していない。己が絡んでいるからだ」

「なるほど、そうですわねえ」都与はうなずいた。

「都与殿は岡田義之介殿を焚き付け、赤城左近ら配下の者を動員させて、中老の高坂渕衛門、納戸組組頭の但馬嘉門らを公儀に内通する者として捕えてほしいのだ」

「分かりました」都与はこっくりとうなずいた。

文史郎は葛西に向き直った。

「おぬしには、それがしといっしょに佐原に会ってほしい。おぬしがいれば、彼もそれがしを信用するだろう」

「分かりました。御家老の橘様に直訴したのち、貴殿とごいっしょいたします」

葛西は真剣な表情でうなずいた。

二

昼過ぎ、長屋に戻った文史郎を待っていたのは左衛門だった。

「殿、どこへお出かけでしたか。お待ちしていました。お昼は召し上がりましたか？」

「いや、まだだ」

文史郎は腹の虫がきゅうと鳴くのを覚えた。思えば、朝起きてから何も食べていない。

「よかった、よかった。お弁当を頂きましてな」

左衛門は風呂敷包みを開けた。二段重ねの重箱が現れた。黒い漆塗りの蓋に金粉銀粉がちりばめられ、見事な枝振りの松の木が描かれている。

「これ、御覧《ろう》じろう」

左衛門は重箱の蓋を取り外した。二段重ねの箱を二つに分けた。

片方には、赤い海老や鯛、青物などのおかずが詰めてある。もう一方の箱には、真っ白なご飯が詰めてあった。

「おう、これは旨そうだのう」

　左衛門は急いで台所へ立ち、箸を手に戻った来た。

「これは殿のために、お種殿が作ってくれた弁当にございます」

「爺は、もう食べたのか？」

「もちろんです。お種殿の店にて、朝も昼も食べさせていただきました。殿に申し訳ないといったら、お種さんが直々《じきじき》に御重を作ってくれたのです。さあ、召し上がれ」

「ほう。そうかそうか。爺は朝早くから姿が見えないと思ったら、お種さんを訪ねておったというのか、隅に置けんな」

　文史郎は胡坐をかき、重箱から茹でた海老を摘み上げて食べた。

「殿、爺は殿がお種さんから佐原一心について何か知っていないか、聞いて来いといわれたから、お種さんを訪ねたのですぞ。まったく……」

「そうだった。で、何か分かったのか？」

「はい。それは抜かりなく。佐原一心は、生粋の陸前海原藩の藩士ではなく、ふらりと数年前に城下町へやって来た剣客だったそうです。佐原はそこで町道場を開いた。佐原は門弟たちに水戸藩の斉昭様の唱える勤王攘夷論を吹き込んだそうなのです」

「ほう。勤王攘夷論のう」

文史郎は芋の煮付けを口に頬張り、ご飯を食べた。

「同じような勤王攘夷論を主張していた藩主の中河主馬様は、佐原の評判を聞き、ある日、お忍びで道場を訪れた。そこで腕自慢の小姓組の何人かを佐原に立ち合わせた」

「なるほど」

「佐原はたちまち、その腕自慢たちを叩き伏せてしまった。それを見た藩主は、すっかり佐原の腕に惚れ込んで、指南役に抜擢したそうです」

「余も葛西幹之介から、同様の話を聞いた。指南役だけでなく、とんとん拍子に出世し、物頭に取り上げられたそうではないか」

「そうなんです。だけど、物頭になってから佐原はますます過激な勤王攘夷論を主張し、藩主に富国強兵策を取るよう意見具申するようになった」

「藩政に口を出すようになったというわけか」

「はい。藩主の中河主馬様は、もともと勤王攘夷派ですから、勤王攘夷に備えようとする佐原をますます重用するようになった。そのため、これまで穏やかな政策を進めようという家老たちの意見を無視するようになったそうです。佐原の提言で、農民に重税が課せられ、軍備が増強された。大勢の農民が徴用されて、荒地の開墾が行なわれた。そのため、これまで豊かだった生活がだんだんと苦しくなり、藩内には、反佐原の声が高くなった」

「ほほう。藩主に問題ありだな」

文史郎は己の藩主時代を思い出した。

藩主は富国強兵をしようとすると、決まってどこか無理をしてしまう。その付けはたいてい弱いところへ回ることになり、反発の声が上がるものだ。

「そうなのです。藩主中河様は、佐原を信用するあまり、家臣の忠告を聞かずに、ついにはお庭番まで佐原に預けた。佐原はお庭番に自分に反対する要路たちの弱みを嗅ぎ出させ、自分のいう通りにさせるようになったのです。さらに政商たちから賄賂を取ったりして、次第に家老たちを凌ぐ権勢を得るようになったのです」

「それはいかん、いかんな」

「藩内に敵も多くなり、ついには要路の多くが佐原を敵視するようになった。藩士たちから、佐原の悪業の数々が藩主に報告されるようになり、藩主の中河主馬様もさすがに看過することができなくなった。そこで、中河主馬様は、佐原からお庭番を取り上げ、武器指南役に格下げした。さらにこれまでの富国強兵策を転換し、農業や工業の振興をする政策に変えた。税を軽くして農民を大事にしたり、商業を保護したりする政策にしたのです」

「つまりは佐原を藩の執政から外したわけだな」

「そういうことです」

「佐原に代わって執政になったのは、誰なのだ？」

「それが、いまの家老宝井忠良様です」

「宝井忠良は、反佐原ということか」

文史郎は鯛の身を食べながら、首をひねった。

「七人の刺客には、宝井忠良の息子の宝井進吾がおるが、どういうことかのう」

「宝井進吾は、佐原の信奉者です。親爺への反抗もあって、今度の刺客に自ら志願して佐原について来たらしいのです。それから、もう一つ……」

「なんだというのだ？」

「同行の緒川真弓に惚れていたらしい」

「ふうむ。そういうことか。よく親の宝井忠良は許したな」

「いや、親に無断で参加したということで、宝井忠良は困っているそうですぞ」

油障子戸ががらりと開いた。大門の髯面が中を覗いた。

「お、殿、お食事でござるか」

大門はづかづかと土間に入って来た。

「大門、腹をすかしているようだったら、食べてもいいぞ？」

「殿、いただきます。ぜひに」

大門は畳に上がり、文史郎の前に座り込んだ。

三

「いやあ、満腹満腹」

大門は突き出た太鼓腹を撫で撫でしながら、口に銜《くわ》えた楊枝《ようじ》を上下させた。

「大門殿、ほんとに健啖家でござるな」

左衛門は空になった重箱を片付けながらいった。

「食う、眠る、抱かれるは、拙者の三大至福でござる。いまが至福のとき」

大門は目を細めた。

「殿、いかがいたされた？　しかめ面をなさって。何ごともいい方にお考えなさるがよろしいですぞ」

「ううむ」

文史郎は腕組をし、唸った。

「下手な考え、休むに似たりとも……」

「大門、うるさい。いま、いい考えが浮かぼうとしておったというのに邪魔をしおって」

「大門殿、駄目ではないですか。殿が、どうやって刺客たちの暗殺計画を止め、同時に公儀の陰謀を防ぐことができるか、必死にお考えなのに。お気楽に、大門殿がからかってしまっては」

左衛門が大門を窘《たしな》めた。

「はい。つい……調子に乗って。いかんなあ、この性格」

大門は子供が叱られたときのように首を竦めた。

「そうか。それだ！」

文史郎は頭を一瞬掠めた光の矢の尾羽を摑んだ気がした。

大門はぎょっとして文史郎を見た。左衛門が驚いて尋ねた。

「殿、いかがなされましたか？」

「毒を以て毒を制すればいいのだ」

「はあ？」

「毒を制する？」

左衛門は大門と顔を見合わせた。

「爺、大門、出掛けるぞ。舟を用意いたせ」

「は、はい。しかし、どちらへ？」

「それはあとだ。詳しいことは、途中で話す。余は細かい詰めを考えねばならぬ。爺も大門も、しばらく無駄口をきくな」

「はっ」「はい」

左衛門と大門は怪訝な顔をし、互いに首を傾げるのだった。


文史郎は船着き場に横着けされた猪牙舟に乗り込んだ。左衛門、大門もあいついで、舟に乗り移った。

「どちらへ参りましょうか？」

船頭が左衛門に尋ねた。左衛門は真ん中に座った文史郎に声をかけた。

「殿、どちらへ？」

「とりあえず、大川へ出てくれ」

行き先は告げなかった。どこで、誰が耳を澄ましているか、分からない。

文史郎は腕組をし、目を閉じた。

これからの計画に思いを馳せた。

一《いち》か八《ばち》か乗り込んでやってみるしかない。

捨て身だ。

身を捨てて、相手の懐に飛び込み、自ら窮地を脱する。ほかに手はない。

舟は船着き場を離れ、掘割を滑るように進みはじめた。

岸辺の桜が、ようやく五分咲きになっていた。そろそろ、寛永寺の忍ヶ岡《しのぶがおか》も桜が咲き誇るころだ。

文史郎は首筋に刺すような視線を感じて掘割の岸辺に目をやった。掘割沿いの道には、数人の人影があった。

張り込まれている？　だが、一瞬にして視線は消えた。

手拭いを頭に被った町奴《まちやっこ》風の男。飴売りの行商人。女中を連れた商家のお内儀。編み笠を被った着流しの侍。走っていく子供たち。

誰も文史郎たちに関心があるようには見えない。

「殿、いかがなされた？」

左衛門が目敏《めざ》く文史郎の様子に気付いた。

「うむ。どうも、わしらを監視している輩《やから》がいるらしい」

「どこにでござるか？」

大門もあたりに気を配った。

「まあいい。そのうち、向こうから現れるだろう」

文史郎はいい、船頭に行けと促した。船頭は櫓を漕ぎ、舟は一段と速度を上げた。

大川が近くなったところで、文史郎は船頭にいった。

「神田川に入ってくれ。行き先は、水戸藩上屋敷」

「殿……いったい、何をしようというのです？」

左衛門が驚いて目をしばたたいた。

「ま、行けば分かる」

文史郎は腕組をし、また沈思黙考を始めた。

四

水戸藩上屋敷は、徳川御三家の一つとあって、他藩の上屋敷とは比べものにならぬほど広大な敷地を誇っている。

敷地内には、練兵場ともなる馬場も備えていた。

客間からは庭の樹林越しに、その馬場で馬の調練をする様子が窺えた。

文史郎たちが客間に通されて間もなく、廊下を慌ただしく歩く音が聞こえたかと思うと、物頭の岡田義之介が供侍の赤城左近を伴って、あたふたと現れた。

「相談人殿、ちょうど、それがしの方からお目にかかろうとしていたところでござった」

「首尾はいかがかな?」

「首尾はと申されると?」

「都与殿が貴殿に、余の話を注進したはずだが? 中老の高坂渕衛門を越えて、筆頭家老の橘右兵衛殿に事の次第を直訴するようにと申したはずだが」

「相談人殿、突然に、そのようなことができましょうか。事前に、なぜ、それがしに話していただけなかったのか。筆頭家老に直訴するなど、よほどのことがなければ」

「直訴しなかったのか?」

「それがしとて、物頭の立場があります。物頭として、しかるべき手続きを行ない、根回しをした上でなければ……」

「では、中老の高坂渕衛門や、但馬嘉門の身柄を押さえておらぬというのか?」

「ですから、そのようなことは、目付の篠原《しのはら》殿がやることで、それがしには、権限がありますぬ」

「それで都与殿は、どうされた？」

「都与殿は、それがしが、そのようなことはできぬというと、止めるのも振り切り、葛西殿とともに、筆頭家老の橘様の許へ押しかけてしまったのでござる」

「おう、そうか。それは良かった。さすが、都与殿だのう」

文史郎はほっとした。

「相談人殿、良かったではないですぞ。それがしの立場がないではないですか」

岡田は手拭きで額の汗を拭った。

「殿、いったい、どういうことに……」

事情を知らぬ左衛門と大門はきょとんとして文史郎と岡田のやりとりを聞いていた。

「おう、爺たちには話してなかったな。都与殿の仲介で、海防掛けの葛西幹之介殿に会って、こうなったら、水戸藩の危機なのだから、岡田殿を説得して、筆頭家老に直訴して事情をすべて話せと申したのだ」

「ほう、そうでござったか。それは何より」

左衛門はうなずいた。大門がいった。

「そうそう。岡田殿は迷惑そうではあるが。いまとなっては、直訴が一番ではなかろうか。岡田殿もいっしょに直訴なされればよかったのに」

岡田は大きな嘆め息をついた。

「いま、そのことで、それがしに筆頭家老から呼び出しがかかっておるのです。拙者としては、どう言い訳したらいいのか……ほんとうに弱ったことになりました」

「それで、中老の高坂渕衛門と、御納戸組組頭の但馬嘉門は、いかがにあいなった？」

「高坂渕衛門殿は、目付の篠原殿によって拘束され、いま取り調べを受けておるところでござる。但馬殿は屋敷から逐電《ちくでん》しようとしたところ、何者かに斬殺され申した」

文史郎は頭を振った。

「そうか。遅かったか。但馬嘉門は口封じされたな」

「誰に口封じされたのでござろうか？」

岡田は訝った。

「おそらく殺ったのは公儀隠密だろう。鉄砲の行方を知っている但馬に喋られては困る。だから、まずは、岡田殿に中老とともに、但馬を押さえてほしかったのだ。そうすれば但馬は殺されずに済んだものを」

「そうでござったか。しかし、都与からいわれたときには、あまりに唐突だったので、すぐには信じられなかったのです。それに葛西殿がいっしょだったので、もしかして葛西殿ら勤王攘夷派の策動なのでは、と疑いましてな。つい、逡巡してしまったのです。しかし、弱った弱った」

文史郎は笑った。

「相談人の我らのいうことを聞いてくれれば、よかったものを。ともあれ、岡田殿、貴殿が弱ることはなかろう。筆頭家老に正直にすべてを話すことでござる。葛西殿も、下田湊で鉄砲を陸前海原藩の者に横流ししたことを正直に話していることだろう。葛西殿は、おそらく切腹覚悟で事にあたっている。貴殿も腹を括《くく》って直訴すればよかろう」

「それがしの場合、中老の高坂渕衛門殿や、蔵屋敷頭の内田昌文殿、御納戸組組頭の但馬嘉門殿とは、これまでいっしょにやって来た仲間。いくら彼らが鉄砲流出に関係していた恐れがあるとしても、十分な証拠があるわけでもない。そんな彼らを見捨てて、それがしだけが一人抜け駆けして、直訴するのはなんとも心苦しい……」

「岡田殿、万が一、盗まれた鉄砲が使用され、老中か誰かが暗殺されたら、水戸藩藩主は責任を取らされ申そう。それこそ、藩も存亡の危機に陥る。そんなことで迷っている段階ではなかろう？」

「……分かり申した。それがしが、これまでの経緯をすべて包み隠さず、橘様に申し上げましょう」

「そう。それでいい。それでは、おぬしに、それがしたちが調べた鉄砲捜しについて報告いたす。貴殿は、それを今度は橘殿に報告すればいい」

「はい。それで、鉄砲はどこにあるというのでござるか？」

「下田湊で抜かれた二挺は、いま外神田の、ある裏店にある」

「そんな身近にあるのでござるか。して、誰が持っているのでござるか？」

「陸前海原藩の脱藩者たちの手にある」

「では、残る二挺は？」

「側用人唐沢一誠の屋敷だ」

岡田は顔をしかめた。

「そんなところに。どうして、側用人の屋敷なんぞにあるのでござろうか？」

「それこそ但馬嘉門に真相を訊きたかったことだ。但馬が密かに倉から二挺の鉄砲を盗み、側用人の手下に渡していたのだからな」

岡田は頭を振った。

「どうでしょう？　相談人殿、それらの鉄砲をなんとか無事に取り戻すことはできないでしょうか？　それらの鉄砲を回収できれば、すべては丸く収めることができる」

文史郎はうなずいた。

「そのために、拙者たちはここへ乗り込んで参ったのだ。拙者たちが、それらの鉄砲を取り戻す手立てを教えよう」

左衛門が慌てた。

「殿、いいのですか？　また、そんな安請け合いをして」

「爺、おぬしも、聞け。まず、刺客たちが持っている二挺の鉄砲は、それがしたちがなんとか手を打って回収しよう」

岡田は愁眉《しゅうび》を開いた。

「ぜひとも、お願いいたします。では、残る二挺についての回収は？」

「それは難しい。だが、一つだけ手がないでもない」

「どんな手でござるか？」

「毒を以て毒を制するだ」

「はあ？」

岡田はきょとんとした。

「ぜひ、おぬしにやってほしいことがある」

文史郎は岡田をじろりと睨んだ。

「なんでござろうか？」

「勤王佐幕派の頭領である次席家老池内薫殿を呼んでほしい。池内殿といっしょに、お庭番の頭領根藤卓馬殿にもお会いしたい」

「な、なんと次席家老と馬廻り組頭の根藤卓馬でござるか。しかし、いったい何をなさるおつもりか」

岡田は慌てて訊いた。

「池内殿と根藤殿に直談判したいことがあるのだ」

「何を、でござろうか？」

「それは池内殿が現れたときに申し上げよう。岡田殿から池内殿に、ぜひ、それがしが会いたいと取り次いでいただきたい」

岡田は呆気に取られた顔で、まじまじと文史郎を見つめた。

左衛門も大門も唖然として文史郎を見ていた。

五

次席家老の池内薫は狸顔をした老人だった。だが、眼光鋭く、口をへの字に歪めた底意地の悪そうな老体だった。

「おぬし、剣客相談人とのことだが、いったい、何者なのだ？」

「元那須川藩主若月丹波守清胤と申す。いまは若隠居の身、名前も大館文史郎と改めた天下の素浪人。ま、あまり威張ることではないがな」

文史郎は胸を張った。

両脇に控えた左衛門と大門は澄ました顔で正座している。

「なに、元那須川藩主だと？」

池内薫は隣に控えた岡田義之介をじろりと睨んだ。

「ほんとうか？」

「はい。ほんとうでございます。いまでこそ、長屋住まいで、長屋の殿様と呼ばれていますが、もともとは一国一城の主、お名前も大館文史郎は俗名でございまして、ほんとうの名は松平文史郎様。親藩大名の世子にございます」

岡田は小さな声で囁いた。

「なぜ、それを早くいわぬ」

池内は動揺し、居住まいを正した。

「それがしも、先ほど伺った次第でございまして」

岡田は頭を低くしたままいった。

「松平文史郎様の兄上は、大目付の松平義睦様だそうで」

「岡田、間違いないだろうな」

池内は苦虫を嚙んだような顔をした。

文史郎は笑いながらいった。

「なにをこそこそ話しておる。気になることがあれば、それがしに直接訊くがよかろう」

「貴殿、ほんとうに元那須川藩主だったのでござろうな」

「お疑いなら、斉昭様にお尋ねなさるがよかろう。拙者がこちらに来ていると、斉昭様に申し上げればいい。余も、久しぶりに斉昭様に直接ご挨拶を申し上げたいところだが」

「斉昭様とは、どちらで……」

「御座の間にて、ごいっしょしたことがある」

池内は座布団から飛び下り、文史郎の前に平伏した。

「これはこれは事前に何も知らされなかったとはいえ、大変に失礼つかまつった。どうぞ、耄碌《もうろく》した老いぼれの失策、お許しくだされ」

御座の間は、将軍が居る間であった。若月丹波守清胤として将軍に挨拶に上がった折、斉昭様が将軍に陪席していたのだ。

一度きりの面会だから、斉昭様が己のことを覚えているかどうかは分からないが、面識があることには変わりはない、と文史郎は思った。

廊下にどかどかと人の足音が響いた。

見覚えのある侍たちが、客間に入って来た。

「御家老、何ごとでござるか」

お庭番頭の根藤卓馬が勢い込んでいった。

根藤の後ろにいた小頭の真島大道が目敏く文史郎を見付け、刀の柄に手をかけた。

「お、こやつ、あのときの浪人め。飛んで火に入る夏の虫だ。各々方《おのおのがた》、こやつを逃がすな」

その声に、お付きの供侍たちが一斉に文史郎たちの周囲を取り囲んだ。

「何をする。無礼者」

左衛門は大声で怒鳴り、文史郎を庇うようにして立った。大門も、やれやれという風情《ふぜい》で立ち上がり、文史郎の背後を守った。

「待て、根藤、真島、早まるな」

池内が慌てて膝立ちになり、両手で制した。

「こちらは、松平文史郎様なるぞ。引け。引いて、控えよ」

根藤たちは、池内の制止に、一瞬きょとんとした。

「控えろ！　控えろといっているのが、分からんのか。たわけ者！」

池内が癇癪を爆発させた。

根藤たちは、慌てて刀を引き、囲みを解いた。皆わけが分からぬ様子で、その場に座り込んだ。

「いいか。こちらの御方は、斉昭様と昵懇《じっこん》の間柄にある元藩主の松平文史郎様だ。無礼をいたすは、このわしが許さぬぞ」

「ははあ」

根藤たちは、一斉に平伏した。

大門と左衛門は、それを見て、文史郎の後ろに下がり、供侍のように控えた。

「重ね重ね、配下の者がご無礼を働き、申し訳ありませぬ」

池内は頭を下げた。文史郎は笑いながらいった。

「池内殿、それがし、いまはただの若隠居、素浪人の身、そう格式ばらないでくれ」

「分かりました」

池内は恐縮しながら顔を上げた。

「ところで、拙者に何ごとか、御用の向きがおありとか。いったいなんでござろうか」

「おぬしたちが必死に捜している鉄砲のことだ。それがしたちも、ここにいる岡田義之介殿に頼まれ、四挺の鉄砲を捜していた。ようやく、それらの鉄砲がどこにあるのか所在が分かった。もし、それらの鉄砲が使われたら、陸前海原藩は取り潰され、さらに鉄砲を盗まれた水戸藩も責任を取らされる」

「…………」

池内は黙って聴いていた。文史郎は続けた。

「側用人唐沢一誠と留守居年寄衆工藤宗晴の公儀隠密を使った陰謀は、池内殿も存じておろう？　いまは勤王攘夷とか、勤王佐幕だのと争っているときではない。なんとしても、水戸藩のためにも、側用人唐沢一派の野望を挫《くじ》かねばならない。そのために、協力し合わねばならない。どうだろう、ここで、それがしたちと手を握らぬか？」

「手を握ることに異存はござらぬが、肝心の鉄砲をどうやって取り戻すのか……」

池内が頭を振った。

「それがしたちが、鉄砲の行方は突き止めた。所在を教える代わりに頼みがある。聞いてくれるか」

「どのようなお頼みでござるか？」

「根藤殿たちが追っている刺客につき、手を引いてほしい」

突然、根藤が口を開いた。

「御家老、それは困りましょう。刺客たちが鉄砲を隠し持っております。それを取り戻さねばなりませぬ」

「根藤殿、それは、それがしたちに任せてほしいのだ。それがしが責任を持って刺客たちから鉄砲二挺を取り返す。だから、おぬしたちは、残る二挺の鉄砲を、さるところから取り戻してほしいのだ」

「なんと。残りの二挺の鉄砲はどこにあるというのでござるか？」

池内が訊いた。文史郎が笑いながらいった。

「さっきの取引の条件は、いかがかな。呑むか、呑まぬか。それ次第なのだが」

「分かり申した。呑みましょう。陸前海原藩の刺客たちから手を引こう。その代わり、残り二挺の鉄砲のありかを伺いましょう」

「御家老」

根藤があえて反対しようとした。

「根藤、わしのいうことが聞けぬというのか？」

「いえ」根藤は身を伏せた。

「二挺の鉄砲は、唐沢邸にある」

「なんと」

「しかも、工藤宗晴はお庭番に、それら鉄砲を使わせ、陸前海原藩の刺客に見せかけて、暗殺計画を強行しようとしておる。たとえ、それがしたちが、刺客たちを押さえ、鉄砲を取り上げても、公儀隠密が暗殺計画を決行し、すべてを陸前海原藩と水戸藩のせいにしようと企んでおるのだ」

「な、なんということを」

池内は絶句した。

「だから、それがしたちは刺客をなんとしても押さえる。おぬしたちは公儀隠密の陰謀を阻止してほしいのだ。それがしたちには、それはあまりに荷が重い」

「根藤、どう思う？」

池内は根藤を見やった。根藤は首をひねった。

「しかし、公儀隠密といっても、相手が分からないと……」

「手がかりはある。公儀隠密の一人は、鹿内寿太郎と申す者だった」

「鹿内寿太郎？」

根藤は小頭の真島と顔を見合わせた。

「存じておるか？」

池内が訊いた。

「存じております。鹿内寿太郎は、鉄砲組の一人、その組の者なら、面識があります。いずれも公儀のお庭番」

「存じておるならば、やれるな」

池内は満足気にうなずいた。

「松平文史郎様、やりましょう。なんとしても、鉄砲を取り戻したい。それがしたちは、唐沢邸に押し入ってでも、鉄砲を取り戻す所存です」

「お頼み申すぞ」

文史郎は左衛門や大門と顔を見合わせ、にんまりと笑い合った。

六

水戸藩上屋敷からの帰り、文史郎たちの乗った舟は筋違御門橋に差しかかった。

「殿、お帰りなさい」

船着き場に繋留してある舟の船頭が立ち上がり、声をかけた。音吉だった。

「おう、音吉、よくわしらがここを通るのが分かったな。ずっと待っておったのか？」

左衛門が感心した。

「いえ。その船頭もあっしらの仲間でやしてね。事前に知らせてくれたんでさ」

音吉は舟の櫓を漕ぐ船頭を目で指した。

船頭は文史郎にぺこりと頭を下げた。

大門は髯を撫でた。

「なんだ、そういうわけか」

音吉が文史郎に頭を下げた。

「佐助さんがお待ちです」

舟は船着き場に横着けされた。

文史郎たちは船着き場の石段に飛び移った。

文史郎は橋の袂に上がった。

筋違御門は扉を堅く閉じ、通用口だけが開いている。橋の前の小さな広場には、子供たちが飴売りや金魚売りの周りに屯《たむろ》していた。

音吉は先に立って歩き出した。文史郎は歩きながら、音吉に訊いた。

「様子はどうだ？」

「六人全員が、近くの寺の境内に集まりました。その後、ばらばらに現場の下見に出掛けたようです」

「場所は？」

「筋違御門橋の先、日光街道を少し行った付近です」

上野の寛永寺の境内にある花見の名所忍ヶ岡へ行くには、通常日光街道を使う。

刺客たちは、その日光街道で待ち伏せをしようとしているのだ。

日光街道は広場を抜けると、筋違の名の通り、鍵形に曲がっている。

通りを突き当たり、町家の角を曲がると、街道はいったん真直ぐになるが、しばらく行くとまた鍵形の角にぶつかる。

敵が日光街道から真直ぐに御門を攻めることができないように、わざと鍵形の角を造ってあるのだ。

文史郎たちは角を折れた。真直ぐな街道に出た。

遠く行く手には、町並み越しに、上野寛永寺の小高い忍ヶ岡が広がっていた。緑の松林の間に朱塗りの寺院の建物が点在していた。

街道をそのまま進めば、寛永寺の黒門前の広小路に通じている。

街道の両脇には、武家屋敷や寺院が連なっていた。街道を行く旅人や行商人、武家の行列が見える。

「こちらでさあ。佐助さんは中でお待ちです」

音吉が立派な山門の前で足を止めた。

「では、あっしはここで」

「どこへ行くのだ？」

「張り込んでいる兄貴のところでさ」

音吉は身を翻《ひるがえ》して駆け去った。

文史郎たちは境内に足を進めた。

境内には庭を箒で掃いている修行僧の姿があるだけだった。

松林の木陰から、一人の人影が現れ、文史郎の前に立て膝をついてしゃがんだ。

「文史郎様、お待ちしておりました」

佐助は頰っ被りしていた手拭いを解いた。

「佐助、ご苦労。刺客たち六人が集まったそうだな」

「へい。やつらのおおよその配置が分かりやした」

佐助は懐から紙を取り出した。

「これを見てくだせえ」

文史郎たちは佐助の周りを囲み、紙を覗き込んだ。

紙には黒々と二本の筋で街道が描かれ、その道沿いに、筆で白抜きの丸やバッテン印が記されてあった。

「これは、やつらが午前中に動き回って、それぞれ配置を確かめている様子から描いた、やつらの配置図です」

白抜きの丸は、六個あった。二個ずつが街道の両脇に間を開けて記されており、その間の街道に駕籠のような四角形があり、大きくバッテンが記されてあった。

寛永寺側の街道の、やや後方左右に一個ずつ白丸があり、それぞれ鉄砲らしい短い棒が書き込まれている。

「このバツ印の付近に、標的の駕籠が差しかかったら、刺客四人が駕籠の前後を挟むように飛び出して行列を止めます」

「うむ」

「行列の足が止まり、護衛が標的の人物を守ろうと駕籠を囲みます。四人の刺客たちは供侍と斬り結び、駕籠に殺到しようとする。護衛の供侍が標的を守ろうとして、駕籠から出そうとする。駕籠の扉を開けて、標的が駕籠から出たとき、左右の鉄砲が標的を狙って引き金を引く」

佐助はバッテン印をぱちんと指で弾いた。

「標的が駕籠のどちらから出ようと、左右から狙う鉄砲から逃れようがない」

「必殺の布陣だな」

大門が唸った。

「射撃手たちは、街道の脇といっても、どんなところに陣取るつもりなのだ？　どこの武家屋敷も狙撃手たちに場所を提供しはすまい」

「へい。一カ所は寺の山門の上、もう一カ所は街道筋にある旅籠の二階でやす。あの緒川兄妹が、江戸見物に来た客という触れ込みで、すでに旅籠に投宿しております」

「そうか。現場を見たいな」

「案内します。どうぞ」

佐助は先に立って歩き出した。文史郎は左衛門と大門にいった。

「みんな、いっしょではまずい。二人とも、少しばらけてついて来い。敵に怪しまれぬようにな。とくに大門、おぬしの黒髯、目立つから気をつけろ」

「ほんとですな」左衛門は笑いながらうなずいた。

「そうですかのう」

大門は髯を手で撫で回した。

文史郎は佐助について山門を出た。佐助は素早く街道の左右を窺った。

怪しい人影はない、と見極めると、

「お殿様、こちらでございます」

佐助は腰を屈め、まるでお供の中間か小者のような顔をし、先に立って歩き出した。

左右には武家屋敷の門が並んでいる。
一、二丁行くと、右手に何軒かの旅籠が並び、反対側には寺の山門や石塀が連なっているのが見えた。
「このあたりがバッテン印をつけた現場です」

「うむ」

文史郎はうなずき、さりげなくあたりを見回した。

駕籠を囲んで斬り結ぶ刺客と護衛の供侍の姿を思い浮かべた。

前後に路地の出入口がある。刺客たちは、その路地に隠れて待ち受けるのだろう。

路地の出入口に、張り込んでいる忠助親分と末松の姿があった。二人は文史郎にちらっと頭を下げた。

文史郎は小さくうなずき返した。

「あの山門と、反対側の旅籠がそうでやす」

佐助は小さい声で文史郎に告げた。

「うむ。なるほど」

文史郎はゆっくりと歩きながら、さりげなく山門と、反対側の旅籠の二階を眺めた。

山門には徳法寺《とくほうじ》と書かれた額が掛かっていた。

八分咲きの花をつけた桜が石垣越しに枝を張り出していた。

文史郎は腕組をし、のんびりとあたりを見ながら歩いた。

山門の向かい側には旅籠が何軒か軒を連ねている。

旅籠「しもつけ屋」の看板が架かっている。

旅籠は商人宿らしく、ちょうど旅姿の行商人が暖簾を潜って入るところだった。

「殿、まずい。女が見てます。引き返しましょう」

いま引き返したら、かえって不自然に見える。

文史郎はゆっくりと歩調を変えずにいった。

「いい。構わぬ。このまま知らぬ顔で行け」

「へい」

佐助はうなずき、腰を屈めて歩き出した。

旅籠「しもつけ屋」の二階は障子戸が開け放たれていた。若い女が手摺りに凭《もた》れかかり、物憂い風情で通りを見下ろしていた。

佐助が振り向き、囁いた。

「殿、あの女が緒川兄妹の真弓です」

「ふむ。いい天気だ」

文史郎は青空を見上げた。旅籠の脇に植えられた桜がほぼ満開に花を咲かせている。

文史郎は桜を眺めながら、さりげなく女に目をやった。女も桜を見ていたが、ふと文史郎に気付いて顔を向けた。

女は文史郎の目と目が合い、かすかに頭を下げた。

文史郎も頭を下げて挨拶を返した。

美しい女だ、と文史郎は思った。

真弓は湯上がりなのか、長い髪を櫛《くし》で梳《す》いていた。色白で整った目鼻立ちをしており、顔がふっくらとして、清楚で初々《ういうい》しい娘だった。

文史郎は思わず微笑んだ。女は恥ずかしそうに目を伏せた。

「どうした？」

女の背後から、男が顔を出した。

目鼻立ちが妹そっくりで、一目《ひとめ》で兄妹だと分かる。

男と目が合い、文史郎は軽く会釈した。

男は一瞬、戸惑った表情になったが、会釈を返した。

だが、すぐに目を怒らせ、妹に何ごとかを囁いた。妹は、素直にうなずき、すっと部屋に引っ込んで消えた。

男は障子戸を荒々しく閉じた。

「殿、いいんですかい」

「いい。そのまま知らぬ顔で行け」

文史郎はどこからか強い視線が首筋にあたるのを感じていた。

敵意の籠もった視線だった。

いったい、何者だ？

文史郎はそのまま歩調を落とさずに先へ進んだ。やがて視線も消えた。文史郎は佐助を呼び止め、路地に入った。

「誰かがわしらを見張っておったな」

「へい。確かに。あっしもそれを感じました」

「これまでにも、あった気配か？」

「いえ。あっしらは、こんな風に街道を往来することはないんで。できるだけ目立たぬように歩きますんで、まず誰かに見張られることは滅多にないんです」

「そうか。佐原一心や、ほかの仲間ではなかったかのう？」

文史郎は街道を振り向いた。

「いえ、佐原も、ほかの連中も長屋に帰っているはずなんですが。もし、移動したら、すぐにあっしに連絡がありやすんで」

「変だな。いったい、誰が張り込んでおるのか」

「調べてみます。もしかして、水戸藩のお庭番か、それとも公儀隠密か」

「水戸藩のお庭番の頭とは、さっき話をした。だが、彼らは刺客がどこにいるかも、まだ知らなかった。だから、彼らではない」

「……ってえと、公儀隠密となりますね」

「うむ。かもしれぬな」

文史郎は、兄の松平義睦が「公儀隠密を侮ってはいかんぞ」という言葉を思い出した。

もし、あの兄妹が見張られているとしたら、同じ街道を戻るのは憚られる。

やがて、左衛門が、ついでだいぶ離れて大門がやって来た。

「見る限り、あのあたり以外には、襲撃する上で好都合な場所はなさそうですな」

左衛門はいった。

大門は悔しそうにいった。

「殿、あの旅籠の娘を見てましたな。それがしが通りかかったときには、もう引っ込んでおりましたが。遠目でしたが綺麗な娘だった。実に惜しかった。残念」

「大門殿、女が美しく見えるのは夜目、遠目、傘のうちといいますぞ」

左衛門は頭を振った。文史郎は笑った。

「ま、大門らしくていい。だが、あまりきょろきょろして、相手に警戒させるなよ」

「分かってます」

大門は頭を掻いた。文史郎は佐助に訊いた。

「佐助、あの兄妹は鉄砲を宿に運び込んでおったか？」

「それが、殿、あの二人、鉄砲を持っていないんで。どこかに隠しているらしいのです」

「隠している？　どこに？」

「それが分からねえんで、忠助親分たちに張り込んでもらっているんです」

「佐原たちの長屋に隠してあるのではないのか？」

「それが、見あたらねえんで。確かに佐原たちは二つの菰包みを、どちらかの長屋に運び込んだんですが、その後、どこかへ隠したらしいんです。それで、手下たちに佐原や緒川兄妹の長屋だけでなく、梅吉、片桐の長屋にも密かに忍ばせ、捜したんですが、床下にも天井裏にも見当らなかった」

「佐助、決行の日が迫った。時間がない。どうしても、鉄砲のありかを捜し出してほしい」

「分かりやした。で、もし、鉄砲のありかが分かったら、いかがいたします？」

「盗め。鉄砲さえ盗んでしまえば、彼らは決行できなくなる。もし、決行しても鉄砲は使えない」

「分かりやした。やってみましょう。任せてください」

佐助は胸を叩いた。

左衛門が口を開いた。

「ところで、殿、これから、いかがいたしますか？」

文史郎は腕組をし、少し考えながらいった。

「今夜が勝負だ。これから、玉吉を水戸藩上屋敷へやり、都与に葛西を呼び出してもらう。そして、葛西とともに佐原に会い、暗殺計画をやめるよう直談判する」

「まさか、そんなことができますか」

左衛門は驚いた。

大門も疑わしげにいった。

「佐原が殿に会いますかね。警戒して会わないのでは？」

「だから、葛西幹之介を連れて行くのだ。葛西ならば、佐原も会うだろう」

「もし、佐原がいうことを聞かなかったら」

「やめなければ……斬る」

文史郎は目を閉じた。大門が文史郎を見た。

「斬ってでも、佐原たちにやめさせるというのですね」

「そうだ」

文史郎はうなずいた。左衛門は頭を振った。

「分かりました。それがしたちも、覚悟しておきます」

「爺と大門は、来るな。いざ、余が呼ぶまで、二人とも近くで控えていてくれ」

「またですか」左衛門は渋い顔をした。

「今度は、ぜひ御供させてください」

大門も真剣な面持ちで文史郎にいった。

「駄目だ。呼ぶまで来るな。これは命令だ」

「分かりました」

「殿のご命令とならば、仕方ありますまい」

左衛門と大門はしぶしぶうなずいた。

七

文史郎たちは、長屋には戻らず、筋違御門近くの茶屋「あさづき」の二階の部屋に陣取った。

陽が落ち、あたりはすっかり夕闇に覆われた。

文史郎たちは、茶屋で夕食を摂り、腹拵えをした。

腹が減っては戦はできぬ、と大門は二人前の食事をあっさりと平らげた。

「あさづき」からならば、佐原たちが住む佐平治裏店も近い。緒川兄妹が投宿している旅籠「しもつけ屋」も遠くはない。

神田川の船き着場も近いし、二階の窓から御門前の広小路や日光街道の鍵形の曲り角を望むことができる。

だいぶ夜の闇が濃くなったころ、玉吉が都与を連れて戻って来た。

都与は御高祖頭巾を被り、人目を避けるようにして、「あさづき」の二階へ上がって来た。

「おう、都与、ご苦労であった」

文史郎は都与を労った。

行灯の仄かな明かりに照らされた都与は、御高祖頭巾を脱いだ。島田髷姿の都与は、昼間に見るよりも艶っぽく見えた。

「葛西殿は、いっしょではなかったのか？」

「どうしても抜けられぬ用事があるので、それを済ましてから、こちらへ駆け付けるそうでございます。少々時間がかかるかもしれない、とのことでした」

「そうか。葛西殿も藩の要路だ。いろいろ藩の仕事があろう」

文史郎は腕組をし、うなずいた。

左衛門が訊いた。

「都与殿、少し早いが、食事はどうかな」

「はい。ありがとうございます」

大門が顎鬚を撫でながらいった。

「殿、葛西殿も遅れるということなら、待つ間、ちょっと元気付けに、一杯、いかがでござろう?」

「大門殿、大事の前でござるぞ」

左衛門がたしなめた。大門は口を尖らせた。

「爺さん、堅いことをいわない、いわない。酒の一杯や二杯、それで酔うようなそれがしではないぞ」

「分かってます。だから、恐いのです。いつも、そういって、結局、酒盛りになってしまうのですからな」

「爺、まあ、お銚子の一本ぐらいなら、いいだろう。余も喉が渇いた」

「そうです。頼みましょうぞ」

大門は大声で女将を呼んだ。

「おーい、女将、酒だ。酒を一、二本持ってきてくれ」

「はーい、ただいま」

階下から女将の返事が聞こえた。

「殿までが……仕様がないですなあ」

左衛門は呆れた顔で頭を振った。

「ところで、都与、あれから、お庭番の根藤や真島たちに何か動きはあったか？」

「はい。あれから、根藤様や真島様に率いられたお庭番たちが、一斉にどこかへ出掛けて行きました」

「そうか。それは何よりだ」

「ところで、相談人様、気になることがありまして、……私の杞憂《きゆう》に過ぎないのかもしれないのですが。こんなことを、いっていいものかどうか……」

都与は言い淀んだ。

「ほう。何について思い悩んでいるというのかな？」

「そうそう、都与殿、殿はなんでも聞いてくれるから、話したらいいですぞ」

大門がやっかみ半分でいった。

「大門殿、静かに」左衛門が諭すようにいった。

「……葛西様のことでございます」

「うむ、どのようなことだ？」

「屋根船で、お殿様と別れたあと、葛西様はお殿様から聞いた話の裏を取るといい、蔵屋敷へ寄ると言い出したのです。私も、といいましたら、おまえは先に上屋敷へ帰るようにと、厳しい顔でおっしゃりました」

「それで？」

「葛西様は蔵屋敷に行き、但馬嘉門様や蔵屋敷頭の内田昌文様に会って、問い質したのだと思います」

「但馬嘉門は逐電を計って、何者かに斬殺されたのではなかったのか？」

「そうなる前に、葛西様は但馬嘉門様にお会いになっているはずなのです。というのは、帰ってきた葛西様といっしょに、私が筆頭家老の橘様にお目にかかり、事の次第を報告したら、橘様は激怒なさり、さっそくに目付《めつけ》の篠原様を呼び、中老の高坂渕衛門様、納戸組組頭の但馬嘉門様、内田昌文様を召し捕らえろと命令なさった。目付の配下の人たちが蔵屋敷へ駆け付けたときには、すでに但馬嘉門様は、何者かに斬殺されていたのです」

「葛西殿が斬殺したのではないかといわれるのか？」

「……はい。そうでなければいいのですが」

「なぜ、そう思う？」

「気になったので、密かに私は屋敷に安置されていた但馬嘉門様のご遺体を検分させていただいたのです。そうしたら、肩口から一刀のもとに袈裟掛けで斬り下ろされていました。その刀傷の太刀筋は、神道無念流のもの。それも並の腕ではありません」

「そうか。都与も神道無念流の遣い手だったのう」

「私は免許皆伝ではありませぬが、大目録を頂いております。その目から見ても、あれは免許皆伝以上の達人でなければできぬ斬り方にございます」

「しかし、なぜ、葛西殿が但馬嘉門を斬り殺さねばならぬのだ？　重要な生き証人ではないか」

　文史郎が訝った。

「ですから、私の思い過ごしかと」

　階段を上る足音がして、女将と仲居がチロリやぐい飲みを運んできた。

「おう、待っておったぞ」

　大門が喜んで女将たちを迎えた。

文史郎は笑いながらいった。

「都与、きっとおぬしの思い過ごしだろう。葛西殿は、おぬしの親戚ではないか。それにお父上の友人でもある。間違ったことはすまい。ま、酒でも呑みなさい」

「そうでございますね」

都与はようやく笑みを浮かべ、ぐい飲みを差し出した。文史郎はチロリの酒をぐい飲みに注いだ。

葛西幹之介が茶屋「あさづき」へ現れたのは、それから半刻ほどのちのことであった。

あたふたと駆け付けた葛西は文史郎に平謝りに謝った。

「遅くなり申して、まったく申し訳がござらぬ。お、都与はまだ居ったか」

「はい。お待ちしていました」

「都与はすぐに上屋敷へ戻ったらいい。橘様が御呼びだったぞ。おぬしに会ったら、そう伝えよといわれていた」

「橘様が？　なんの御用でしょう？」

「それがしには分からぬ。岡田殿もおぬしを捜しておったぞ。早く行くがいい」

「そうでしたか、では、相談人様、私は屋敷へ戻ります。あとのことは、よろしうお願いいたします」

都与は深々と文史郎に頭を下げた。

大門が大声でいった。

「残念だのう。せっかく美女の酌で美酒を飲んでおったのにのう」

「大門様、お酒はほどほどにしておいてください。大事《だいじ》が控えておりますのよ」

都与はそう言い残し、足早に階段を下りて行った。

「いやあ、殿、いま藩は上へ下への大騒ぎになっておりましてな」

「いかが、いたしたのだ？」

文史郎が訝った。葛西は頭を振った。

「今夕、暗くなって間もなくのこと、何者かが唐沢邸から出て来た侍たちの船を待ち伏せし、船を奪って逃げたというのです」

「ほほう？」

「襲われたのは、公儀の船とのことで、通報を受けた唐沢邸の者たちが、おっとり刀で駆け付けたときには、船に乗っていた五人は掘割に突き落とされていたとのこと。全員、無事に助け上げられたそうですが、船に積んでいた荷物が奪われたとのことでした」

文史郎は左衛門や大門と顔を見合わせた。

「ほほう、それはそれは。で、奪われた積み荷はなんだったのですかな？」

「唐沢の家中は何もいわず、ただ大事な物だと。ですが、どうやら、噂では、我が藩から密かに持ち出された鉄砲だろう、ということです。それで、襲ったのは我が藩のお庭番ではないかと疑い、唐沢家の家中の者たちが、我が藩の屋敷の周辺をうろうろ嗅ぎ回っているようなのです」

「根藤殿たち、やりましたな、殿」

大門が愉快そうに笑った。左衛門は大門に、葛西がいるのだから、とあまり喋るなと目配せした。

「いいではないか。葛西殿は、我らの味方のようなものだろうが」

大門は酔った声でいった。

「大門、まだ喜ぶのは早い。ただの物取り強盗かもしれないのだからな」

文史郎はにやにや笑った。

葛西がじろりと大門や文史郎に目をやった。

「みなさんは、襲った者たちについて何か御存知なのですかな？」

「いや、そうではない」

左衛門が頭を左右に振った。大門が大声で、

「つまりだ……」

文史郎は大門を手で制した。

「大門、うるさい。そんなことよりも、葛西殿、済まぬが、これから佐原殿の説得のため、おぬしの力を貸してくれぬか。すぐに出掛けたい。あまり夜遅くなっては、彼らは寝てしまうだろうからな」

「分かりました。では、すぐに」

葛西は立ち上がった。

文史郎は立ちながら、左衛門と大門にいった。

「では、行って参る。おぬしらは、呼ぶまで絶対に来るな。いいな」

「はい」「はい。分かりました」

左衛門と大門は不承不承うなずいた。

文史郎が葛西と連れ立って茶屋の表に出ると、物陰から小田原提灯を持った玉吉が現れた。

「佐助は？」

「ちょっと別口をあたってまして。あっしが代わりに案内します」

「では、頼む」

「こちらでやす」

玉吉は小田原提灯をぶら下げ、先に立って歩き出した。

「いま、佐原たちは、長屋に集まっているのか？」

「へい。先程までは、梅吉の部屋で、六人がひっそりと集まり、何ごとかを話し合っておりましたが、いまは緒川兄妹が帰り、四人になっています」

「そうか」

文史郎は歩きながら、ふと首筋に強い視線を感じた。

剣気、いや殺気か？

誰かに尾行されている？

玉吉が不意に立ち止まった。

文史郎は振り向き、背後の暗がりを睨んだ。

葛西もいっしょに振り返り、刀の柄に手を掛けた。

視線が消えた。殺気もなくなった。

それでも、二人は周囲に気を配った。

あたりに怪しい人影はない。

玉吉が文史郎に囁いた。

「気付きましたか？」

「うむ。昼間も、似たような視線を感じた」

葛西が文史郎にいった。

「探ってみますか？」

「いや、いいでしょう。逃げ足が早そうだ」

「行ってもいいですかい？」

玉吉が訊いた。文史郎は「よし」とうなずいた。

玉吉が案内した先は、神田川沿いの道を、一丁ほど上流側に行った路地の奥の裏店だった。

佐平治裏店の木戸は閉まっていた。夜四ツ（午後十時）を過ぎると、町の木戸は閉じられる。その後は、木戸に付いている通用口を潜ることになる。

佐平治裏店はすっかり寝静まっていた。玉吉は通用口を潜ると、細い小路をそそくさと進んだ。やがて、裏木戸に近い一番奥の長屋の前で足を止めた。

玉吉は小田原提灯で油障子戸を差した。

「こちらでやす」

障子戸はほんのりと明るかった。人影が揺らめき、何人かがいる気配がした。

ぼそぼそと続いていた話し声が急にぴたりとやんだ。

文史郎は意を決して、油障子戸越しに中の人影に声をかけた。

「夜分、御免くだされ。佐原一心殿は居られるか」

返事はなかった。文史郎は名乗った。

「拙者、相談人の大館文史郎と申す者、決して怪しいものにござらぬ。佐原殿にお話したいことがある」

「……そのような者は、こちらに居らぬ。人違いでござろう」

中からくぐもった声が返った。文史郎は葛西と顔を見合わせた。

「拙者といっしょに葛西幹之介殿が居られる。佐原殿と、ぜひ、お話したい、とおっしゃっている」

「佐原殿、わしだ。葛西幹之介だ。顔を見せてくれ」

「……ほんとうに葛西殿か？」

油障子戸が細目に開いた。葛西は玉吉の手の小田原提灯を顔に近付けた。

「これこの通り。正真正銘のわしだ」

長屋の中で何人かが話し合う声がした。

「周りに捕り手がいるのではないか？」

葛西がいった。

「いない。それは、わしが保証する。ここには、相談人の大館文史郎殿と供の中間、それにわしの三人しか居らぬ。安心しろ」

「……どうして葛西殿が、こちらへ御出でになられたのだ？」

「事情が変わった。おぬしたちに、それを告げに来たのだ。開けて外に出て来てくれ」

油障子戸ががたぴしと軋み、がらりと引き開けられた。いきなり、四つの人影が部屋から飛び出し、細小路や裏木戸に走った。

四人とも抜刀していた。刀の刃が星明かりにきらりと鈍い光を放った。

一人の影が戻り、葛西の前に立った。

葛西は小田原提灯を掲げた。

痩せた初老の侍が明かりに浮かんだ。

「おう。葛西幹之介殿。どうして、ここが分かったのでござるか」

「佐原一心殿、しばらくだったな。おぬしたちの居場所は、こちらの相談人の大館文史郎殿たちに案内されて分かった」

「しかし、なぜ、突然に」

「ここでは話せない。人に聞かれない場所に行こう」

葛西が促した。

「うむ。では、こちらへ」

佐原は先に立って歩き出した。

裏木戸の通用口を出た。文史郎と葛西、玉吉は佐原のあとに続いた。

そのあとから、三人の男たちが油断なく周囲を見回しながらついて来る。

佐原は路地を行き、近くの小さな稲荷の社の鳥居を潜った。三方は築地塀に囲まれている小さな空き地だった。

「ここなら、話はできる。葛西殿、いったい、何ごとなのだ？」

「その前に、こちらの相談人とやらは、なんだ？」

若い侍が抜刀したまま、文史郎に向いた。

「そうだぜ、この中間《ちゅうげん》も怪しい」

町奴のような影が脇差しを玉吉に向けた。

もう一人の影が玉吉の小田原提灯を引き寄せ、文史郎にかざした。

「まあ、待て。宝井、梅吉。この方は、存じておる。それがしを助けてくれた恩人だ。たしかお名前は、文史郎殿」

「そういうおぬしは、片桐統次郎殿か。傷はもう治ったのか」

「その節は、お世話になりました。傷はまだ完治しておりませぬが、だいぶ、腕を動かすのに支障がなくなりましてござる」

片桐は文史郎に感謝の言葉をいい、二人に刀を納めるようにいった。

宝井と梅吉は刀を鞘に戻した。

「なんだ、そういうお方だったのか」

「相談人というから、なんのことか分からず、敵かと思った。すまねえ。勘弁してくれな」

佐原は暗がりの中で葛西に訊いた。

「葛西殿、突然に現れ、いったい、どうなさったのでござるか？」

「事情が変わったとは、いかなことですか？」

片桐も佐原に尋ねた。

いきなり、葛西の軀が動いた。

提灯の仄かな明かりの中で、刃がきらめいた。一閃、葛西は佐原を一刀のもとに斬り下ろした。

「何をなさる、葛西殿！」

一瞬、片桐が飛び退くのが見えた。

「何をする、葛西！」

文史郎も慌てて葛西に向き直り、鯉口を切った。

「おのれ、罠にはめたな！」

片桐が叫んだ。

「佐原様」

宝井が倒れた佐原に駆け寄ろうとした。片桐が怒鳴った。

「宝井、逃げろ。罠だ」

葛西が斬りかかった。文史郎は葛西の前に立ちはだかった。

「待て！　何をする」

「畜生！　はめやがったな。逃げよう」

梅吉が叫び、逃げようとして足を止めた。

周囲の築地塀の上から、ばらばらっと人影が飛び降り、行く手を阻《はば》んだ。十数人の黒装束たちが文史郎や片桐たちを取り囲んだ。

「葛西、おぬしが公儀に通じていたのか」

文史郎は刀に手をかけ、葛西に叫んだ。

「いまごろ、気付いたか。相談人」

葛西は笑った。黒装束たちは一斉に刀を抜いた。

玉吉が文史郎の後ろで、刀子《とうす》を抜いて構えている。

「相談人、おぬしらは、敵ではないのか」

片桐が文史郎と背中合わせになり、刀を構えながらいった。宝井進吾と梅吉は玉吉と背中合わせになって脇差しを抜いて構えている。

「それがしたちは、おぬしらが襲撃するのを止めに来ただけだ。こやつらのような公儀のイヌではない。おぬしらの味方だ」

左右から黒装束が刀をきらめかせて、文史郎と片桐に斬りかかった。

片桐が下段から上段に斬り上げて、影を斬った。

文史郎は刀を抜かず、相手の懐に当て身を入れて倒した。

「片桐、この葛西は、おぬしらのなんなのだ？」

「七人目の同志だった。だが、まさか、獅子身中の虫だったとは……不覚」

「七人目の同志だと？　自害した山門某が七人目の同志ではなかったのか？」

「その者は知りません。同志ではありません」

片桐は頭を振った。葛西が笑った。

「ははは。山門某は家老の宝井忠良が、息子の進吾を呼び戻すために送り込んだ使者よ。刺客ではないわ」

「おのれ。裏切り者め」

片桐は唸った。またも刀を突き入れて来た影を斬り払った。

さらに飛び込んで来た黒装束を、今度は宝井進吾が刀を薙ぎ払って斬った。

「玉吉、余が斬り開く。おぬしは逃げて、大門たちを呼べ。いいか」

文史郎は刀を抜き、玉吉の正面の影たちに突進した。斬りかかる影を、一瞬のうちに右左と刀を返して斬り払った。

「いまだ、行け」

玉吉の黒い影が文史郎の脇を掻い潜り、細小路に走り去った。

玉吉を追おうとした黒装束を、文史郎は背後から斬り下ろした。

黒装束は声も上げずに小路に転がった。

文史郎は振り向きざま、斬り込んでくる黒装束の胴を払い、片桐たちを見た。

玉吉が投げ捨てた提灯がめらめらと燃え上がっていた。その傍らで斬られた梅吉が倒れていた。

宝井進吾が離れた所で黒装束たちと激しく斬り結んでいる。

葛西は片桐と立ち合っていた。

「片桐」

文史郎が叫ぶのと、葛西の刀が片桐を斬るのが同時だった。

片桐は刀を地べたに突き立て、軀を支えようとしたが、その場に崩れ落ちた。

文史郎は駆け戻った。

葛西は八双に構え、残心《ざんしん》の形を取り、文史郎を迎えた。

周りを黒装束の群れが取り囲んでいる。

文史郎も相《あい》八双に構え直した。

「拙者がお相手いたす」

「よかろう。相談人」

葛西は全身から殺気を放った。どこにも隙はない。かなりの腕前だと文史郎は思った。

「但馬嘉門を斬ったのもおぬしだろう。口封じをしたな」

「そうだ。すべては、あの愚か者の失態で狂ってしまったのだ。その責任を取らせた」

宝井進吾が叫んだ。

「葛西！　おぬしこそ責任を取れ。相談人、葛西はそれがしが斬ります。どいてください」

「宝井とやら。おぬしの敵ではない。拙者に任せよ」

文史郎は正眼に構えを戻した。

細小路をばたばたと走る足音が聞こえた。

「殿、御加勢に参りましたぞ」

大門の声が響いた。

「殿、大丈夫でござるか！」

左衛門の声も響いた。

黒装束たちが一斉に、二人に立ちはだかった。

文史郎は怒鳴るようにいった。

「宝井、おぬしは緒川兄妹を助けに行け」

「しかし」

「ここは、それがしに任せろ」

文史郎は大門たちに叫んだ。

「大門、左衛門、宝井といっしょに兄妹を助けに行け。きっと襲われている！」

「分かり申した！　ウォー」

大門は天秤棒をぶんぶんと振り回し、影に突進した。影たちは大門の勢いに押され、たちまち、一人二人と薙ぎ倒された。

「こちらでござる」

宝井が刀をかざして走り出した。

左衛門が二人のあとから刀を振るい、突進した。追いかけようとする葛西たちの前に、文史郎が立ちはだかった。

三人は影たちを斬り払い、打ち払って、路地に消えた。

「相談人、おぬしと決着をつけねばならぬな。よくも、我々の計画を妨害してくれた。この礼は刀で返す。皆、手を出すな」

その言葉に影たちの動きが止まった。

「おぬしのために犬死にした者たちの仇を討つ。覚悟せい」

相八双のまま、文史郎はじりじりと葛西との間《ま》を詰めた。

先に葛西の軀が動いた。腕が上がった。その一瞬の隙を文史郎は見逃さず、刀を一閃させて、葛西に突き入れた。

ほとんど同時に、上段から葛西の刀が文史郎を襲った。文史郎は葛西に突きを入れたまま、葛西の懐に飛び込んだ。

葛西の腕の下に文史郎の軀が入り、葛西の刀は空を切って流れた。

文史郎は背で葛西の軀を押しながら突き入れた刀を引き抜いた。

血潮がどっと噴き出し、文史郎の顔に降り掛かった。

葛西は文史郎に凭れ掛かるようにしながら地べたに崩れ落ちた。

影たちは動揺した。

突然、文史郎の周りに小さな爆発が三、四発起こり、白煙が上がった。影たちは慌てて飛び退いた。忍びが使う目眩ましの炸裂弾だ。

文史郎は築地塀の上を見た。

築地塀に人影が立っていった。

「殿、鉄砲二挺、見付けました。確保しましたぞ、ご安心を」

佐助の声が響いた。

遠くから、大門たちが駆け戻って来る足音が響いた。

「殿、戻りましたぞ――」

大門の怒声も聞こえる。

「引け、引け」

影の頭《かしら》が叫んだ。それを機に、一斉に影たちは暗がりに逃げ去った。

入れ替るように、暗がりから大門たちが現れた。

「殿、大丈夫でござるか」

左衛門の声が響いた。

「殿、御加勢つかまつる」

大門の濁声が聞こえ、提灯があたりを照らした。

「片桐様、しっかり」

女の声が響き、足許に倒れた片桐に駆け寄った。ついで男の影が傍らに倒れている佐原に駆け寄り、抱き起こした。二人は緒川兄妹だった。

「佐原様、しっかり、してくだされ」

緒川達之介が叫んだ。佐原は瀕死の重傷を負っていたが、まだ意識があった。

傍らから宝井進吾が顔を出した。

「物頭、しっかりしてください。これから、どうしたらいいのですか」

「それがしたちの任務は終わった。おぬしらは、逃げろ。もう二度と故郷には戻るな。いいな」

佐原は弱々しい声でいった。

「相談人様、この三人をお願いいたす」

佐原はあえぎあえぎいい、がっくりと首を落とした。

「安心されよ」

文史郎は佐原にいった。懐紙で刀の血を拭い、鞘に納めた。

宝井進吾と緒川達之介、真弓の三人は佐原や片桐、梅吉の亡骸を前にして呆然として立ち尽していた。

八

「相談人様、ほんとうにお世話になりました」

緒川達之介は深々と頭を下げた。

「このご恩は決して忘れませぬ」

妹の真弓も頭を下げた。

真弓の肩を抱くようにして立った宝井進吾もお辞儀をした。

「ありがとうございました」

「いいな。おぬしたち佐原殿の遺言は胸に叩き込んでおけよ。もう侍なんぞに戻ってはならぬ。いいな」

文史郎はいった。

緒川達之介と宝井進吾は、月代から髷まですっかり町人の姿に身を変えていた。真弓も町人の娘の格好になっている。

「では、おさらばでござる」

「達之介、いや、おぬしは町人の達平《たっぺい》になったのだ。その言葉遣いもあらためろ」

「へい。……分かりやした」

「いつか、またお目にかかれる日がありますように」

三人は晴れやかな顔で、伝馬船から檜垣廻船に乗り移った。

「短い期間でしたが、真弓殿と、もっと仲良くなっていたかったですなあ」

「大門殿、おぬし、弥生様がいいといっていたではないか」

左衛門がなじった。

「あ、弥生殿は弥生殿。真弓殿は真弓殿でござる」

大門は照れながら、船上の三人に手を振った。

「船が出るぞー」

廻船の船頭が怒鳴った。水手たちが舫いを外した。

帆が風をいっぱいに孕んでいた。

ゆっくりと廻船は湊から滑り出した。

廻船は北からの風に乗り、江戸湾に出て行く。

文史郎たちは、船上の三人にいつまでも手を振っていた。


これで万事うまく行った、と文史郎は安堵の溜め息をついた。無事鉄砲を取り戻すことができた。

緒川兄妹は鉄砲を山門の二階に隠していた。佐助たちは、射撃位置から、遠くないところに鉄砲は隠されているに違いないと踏んで、徹底的に山門や旅籠を捜した。その結果、二挺の鉄砲が山門の天井裏から見つかったのだった。

根藤たちが唐沢の配下の鉄砲組に渡っていた鉄砲も取り戻した。

これで四挺の鉄砲は水戸藩蔵屋敷にすべて戻り、不祥事はなかったことにされた。

上野寛永寺の花見の会は、無事開かれ、何ごともなく終わった。

陰謀の失敗で、陸前海原藩への処分などもいっさいなかった。

ただ、老中安堂将信が将軍様の意向だとして、唐沢一誠を側用人から解任し、合わせて、留守居年寄衆の工藤宗晴も解任し、ともに謹慎蟄居の処分を下した。

理由は明らかではない。だが、きっと大目付の松平義睦の画策が効を奏したのだ、と文史郎は思った。

これで、すべて、めでたし、めでたしだ。

文史郎は心の中で、そう思い、死んでいった佐原や片桐たちの冥福を祈り、手を合わせた。

掘割の土手の桜は満開となり、やがて花は風に吹かれて桜吹雪となって散りはじめた。

文史郎は舞い散る桜の花を見ながら、遠去かる三人の幸せを祈るのだった。

時代小説
二見時代小説文庫

七人《しちにん》の刺客《しかく》　剣客相談人《けんかくそうだんにん》8

著者　森《もり》詠《えい》

発行所　株式会社 二見書房
東京都千代田区三崎町二−一八−一一
電話　〇三−三五一五−二三一一［営業］
　　　〇三−三五一五−二三一三［編集］
振替　〇〇一七〇−四−二六三九

印刷　株式会社 堀内印刷所
製本　ナショナル製本協同組合

落丁・乱丁本はお取り替えいたします。
定価は、カバーに表示してあります。

ISBN978−4−576−13074−3
http://www.futami.co.jp/

山峡の城　無茶の勘兵衛日月録
浅黄斑［著］
藩財政を巡る暗闘に翻弄されながらも毅然と生きる父と息子の姿を描く著者渾身の感動的な力作！本格ミステリ作家が長編時代小説を書き下ろし

火蛾《かが》の舞　無茶の勘兵衛日月録2
浅黄斑［著］
越前大野藩で文武両道に頭角を現わし、主君御供番として江戸へ旅立つ勘兵衛だが、江戸での秘命は暗殺だった……。人気シリーズの書き下ろし第2弾！

残月の剣　無茶の勘兵衛日月録3
浅黄斑［著］
浅草の辻で行き倒れの老剣客を助けた「無茶勘」こと落合勘兵衛は、凄絶な藩主後継争いの死闘に巻き込まれていく……。好評の渾身書き下ろし第3弾！

冥暗《めいあん》の辻　無茶の勘兵衛日月録4
浅黄斑［著］
深傷を負い床に臥した勘兵衛。彼の親友の伊波利三は、ある諫言から謹慎処分を受ける身に。暗雲が二人を包み、それはやがて藩全体に広がろうとしていた。

刺客の爪　無茶の勘兵衛日月録5
浅黄斑［著］
邪悪の潮流は越前大野から江戸、大和郡山藩に及び、苦悩する落合勘兵衛を打ちのめすかのように更に悲報が舞い込んだ。大河ビルドンクス・ロマン第5弾

陰謀の径《みち》　無茶の勘兵衛日月録6
浅黄斑［著］
次期大野藩主への贈り物の秘薬に疑惑を持った江戸留守居役松田と勘兵衛はその背景を探る内、迷路の如く張り巡らされた謀略の渦に呑み込まれてゆく……

報復の峠 無茶の勘兵衛日月録7

浅黄斑［著］

越前大野藩に迫る大老酒井忠清を核とする高田藩と福井藩の陰謀、そして勘兵衛を狙う父と子の復讐の刃！正統派教養小説の旗手が贈る激動と感動の第7弾！

惜別の蝶 無茶の勘兵衛日月録8

浅黄斑［著］

越前大野藩を併呑せんと企む大老酒井忠清。事態を憂慮した老中稲葉正則と大目付大岡忠勝が動きだす。藩御耳役・勘兵衛の新たなる闘いが始まった……！

風雲の谺《こだま》 無茶の勘兵衛日月録9

浅黄斑［著］

深化する越前大野藩への謀略。瞬時の油断も許されぬ状況下で、藩御耳役・落合勘兵衛が失踪した！正統派教養小説の旗手が着実な地歩を築く第9弾！

流転の影 無茶の勘兵衛日月録10

浅黄斑［著］

大老酒井忠清への越前大野藩と大和郡山藩の協力密約が成立。勘兵衛は長刀「埋忠明寿」習熟の野稽古の途次、捨子を助けるが、これが事件の発端となって…

月下の蛇 無茶の勘兵衛日月録11

浅黄斑［著］

越前大野藩次期藩主廃嫡の謀略が進むなか、勘兵衛は大目付大岡忠勝の呼び出しを受けた。藩随一の剣の使い手勘兵衛に、大岡はいかなる秘密を語るのか…！

秋蜩《ひぐらし》の宴 無茶の勘兵衛日月録12

浅黄斑［著］

越前大野藩の御耳役・落合勘兵衛は祝言のため三年ぶりの帰国の途に。だが、待ち受けていたのは五人の暗殺者……！苦闘する武士の姿を静謐の筆致で描く！

幻惑の旗　無茶の勘兵衛日月録13
浅黄 斑［著］
祝言を挙げ、新妻を伴い江戸へ戻った勘兵衛の束の間の平穏は密偵の一報で急変した。越前大野藩の次期藩主・松平直明を廃嫡せんとする新たな謀略が蠢動しはじめたのだ。

蠱毒《こどく》の針　無茶の勘兵衛日月録14
浅黄 斑［著］
越前大野藩の次期後継・松平直明暗殺計画は潰えたはずだが、新たな謀略はすでに進行しつつあった。藩内の不穏を察知した落合勘兵衛は秘密裡に行動を……

妻敵《めがたき》の槍　無茶の勘兵衛日月録15
浅黄 斑［著］
越前大野藩の次期後継廃嫡を目論む大老酒井忠清と越後高田藩小栗美作による執拗な工作は、勘兵衛と影目付らの活躍で撃退した。が、更に新たな事態が……！

川霧の巷《ちまた》　無茶の勘兵衛日月録16
浅黄 斑［著］
江戸留守居役松田与左衛門と勘兵衛は越前大野藩を囲繞する陰謀の源を探るべくそれ迄の経緯を検証し始める。そして新たな事件は、女の髪切りから始まった…

陰聞《かげき》き屋 十兵衛
沖田正午［著］
江戸に出た忍《しのび》四人衆、人の悩みや苦しみを陰で聞いて助けます。亡き藩主の無念を晴らすため萬ず揉め事相談を始めた十兵衛たちの初仕事の首尾やいかに!? 新シリーズ

刺客 請け負います　陰聞き屋 十兵衛2
沖田正午［著］
藩主の仇の動きを探るうち、敵の懐に入ることになった陰聞き屋の仲間たち。今度は仇のための刺客や用心棒まで頼まれることに。十兵衛がとった奇策とは!?